열일곱의 사계

열일곱의 시계

설재인
장편소설

㈜자음과모음

차례

희준, 하나   7

열일곱, 봄 : 아민과 유정   11

희준, 둘   67

열일곱, 여름 : 아민과 성현   72

희준, 셋   124

열일곱, 가을 : 아민과 지원   136

희준, 넷   190

어느 겨울 : 아민과 희준   204

작가의 말   228

희준, 하나

입학식 날 담임 선생님인 아민을 보았을 때, 희준은 끼고 있던 팔짱을 슬그머니 풀었다. 당장에라도 운동장 쪽에 난 창으로 뛰어내리고 싶었던 마음이 순간 조금 누그러지는 것 같았다. 저렇게 젊은 담임이 배정될 줄은 꿈에도 몰랐다. 얼굴을 좀 더 자세히 보고 싶은 마음에, 혹은 담임이 자신의 얼굴을 봐 주었으면 하는 욕심에 희준은 허리를 폈다.

그러나 곧 뒤에 앉아 있던 학부모들이 수군거리는 소리가 귀에 들어왔다.

"뭐야, 너무 어리게 생겼는데? 대체 몇 살이야?"

"저런 햇병아리한테 애들을 맡기려고 그 돈을 낸 게 아닌데."

"다른 반 담임들은 다 오래 근무한 베테랑 같던데 왜 우리 애 반만 이러지? 이거 불공평한 거 아니야?"

희준은 목을 움츠렸다. 그 목소리 중 자신이 익히 알고 있는 부모님의 음성도 포함되어 있었기 때문이었다.

성, 아, 민. 정갈한 필체로 칠판에 이름 석 자를 적은 담임은 돌아서서 한 명씩 이름을 부르며 아이들과 눈을 마주쳤다. 함 씨인 희준은 제법 뒤쪽 번호라, 오랫동안 아민을 관찰할 수 있었다.

아민은 키가 180센티미터는 족히 넘는 듯 껑충했다. 이 추위에 바지가 짧은 탓에 드러난 발목이 시려 보였다. 헤링본 원단으로 보이는 재킷은 잘 다렸지만 소매에 보풀이 일어, 낡은 게 멀리서도 보였다. 손톱 아래에는 손거스러미가 일어서 있었다. 언뜻언뜻 보이는 손목시계가 초엽가 브랜드라는 사실은 나중에 다른 애들이 수군거리는 걸 듣고 알았다.

"함희준."

희준이 손을 들며 답하자 아민이 희준의 눈을 빤히 쳐다보았다. 그러나 희준이 자신의 존재를 표현할 방도를 찾기도 전에 불청객이 끼어들었다.

"실례지만 선생님, 첫 부임이시라 들어서 궁금한 것이 많은데요. 솔직하게 답변해 주시면 많은 도움이 될 것 같습니다. 어느 대학을 나오셨나요? 연세는 어떻게 되시는지, 또 부임 이전에 아이들을 가르친 경력은 얼마나 있으신지 궁금합니다. 너무 무례한가요? 하지만 아마 이 자리에 있는 학부모와 학생 모두 궁금해할 겁니다. 제가 대표로 총대를 멘 거다, 생각해 주시면 되겠습니다."

아버지였다. 희준은 돌아보지 않았다. 다른 학부모 몇몇이 수긍하는 소리를 냈다. 희준은 당장 발을 굴러 바닥을 뚫고 1층으로 꺼져 버리고 싶었다.

아민은 전혀 당황한 기색이 없었다. 천천히 출신 대학교를 말했고(한국 최고의 명문대로, 이 내로라하는 사립 학교에도 그 대학 출신 교사는 드물었다), 경영학과에 입학했으나 교육에 뜻이 있어 사범대학으로 전과했다는 사실을 털어놓았으며(대체 왜? 누군가가 뒤에서 탄식을 뱉었다), 이어 나이(겨우 스물한 살이라니!)와 경력(백 명 가까운 중고생을 과외해 보았다는)을 소개했다.

학부모들은 족족 예상을 비껴가는 아민의 답변 중에서도 특히 나이에 술렁였다. 그러나 대학교 이름과 '경영학과'란 말에 마음을 바꾼 것은 분명했다. 그 후 나온 질문이 "올해 군대는 안 가실 거죠?" 정도로 유들유들해진 걸 보면. 누군가는 일부러 높은 목소리로 이렇게 말하기도 했다.

"선생님이 젊으시니까 애들 심리를 더 잘 이해하시겠네요. 너무 잘됐다. 그렇지요?"

희준이 입학한 제일자유고는 압도적인 입시 결과로 유명한 서울 시내의 사립 남고다. 전국의 학생 수가 가파르게 줄어드는 상황에서 공격적으로 개교한 후, 놀라울 정도의 진학 실적을 자랑하며 순식간에 입시 판의 최강자로 군림한 곳. 서울 시내의 공부 잘하는 애들이라면 누구나 갖는 목표였다. 희준을 제외하고.

학부모들도 누구나 자식들을 제일자유고에 보내고 싶어 했다. 그중에서도 희준의 부모는 가장 맹목적이었다. 희준은 억지로 입학시험을 봤고, 불행히도 합격했다. 그 과정에서 희준의 의사는 정말이지 단 하나도 반영되지 않았다.

다행히 희준은 옥상에서 뛰어내리지 않고 이 학교에 계속 다닐 이유를 첫날 발견했다. 성아민이었다. 대단한 궁금증을 유발하는 사람. 희준이 죽어도 오기 싫었던 이 학교에 진학해 처음으로 알고 싶어진 대상.

입학식이 끝나고 집에 돌아오는 길, "담임 선생님이 좋아 보여서 학교에 다니고 싶어졌어요"라는 희준의 말에 부모는 몹시 기뻐했다. 희준은 속으로 웃었다. 비웃음은 아니라고 스스로 합리화했다. 아이는 부모에게 그런 식으로 행동하면 안 되니까.

어쨌거나 성아민이 궁금했다.

열일곱, 봄: 아민과 유정

첫 과외생도, 첫 수업 날도 아민은 또렷이 기억한다.

아민은 중학교를 자퇴하고 중졸과 고졸 검정고시에 이어 수능까지 혼자 공부해 응시했다. 학교에서는 도통 공부를 할 수가 없었기 때문이었다. 아민이 다녔던 초등학교와 중학교의 교사들은 수업 시간에 툭하면 이렇게 말하곤 했다.

"이건 학원에서 배웠지? 그냥 넘어간다."

그런 식으로 대충 수업해도, 아무도 이의를 제기하지 않았다. 학생들 중 누구도 학교 수업에 관심이 없었으니까.

디들 책상에 고 빅고 자고 있있다. 절반은 실제로 학원 뺑뺑이를 도는 아이들이었고 나머지 절반은 공부 자체에 흥미가 없는 아이들이었다. 그러나 아민은 어느 쪽도 아니었다.

아민에게는 어떻게든 좋은 성적을 받아 명문 대학교에 가면,

날 때부터 꼬여 있던 인생이 마침내 풀리리라는 희망이 있었다. 그러니 학교에서 죽이는 시간이 아까울 수밖에. 자퇴한 후에는 구립 도서관에 매일 출석하며 공부에 미친 사람처럼 검정고시를 치르고 수능을 준비했다.

그 시기의 기억은…… 사실 별로 없다. 피 말리게 공부하던 하루하루는 밤에 꾸는 꿈보다 더 혼곤했으니까. 무슨 사람이 되고 싶은지도, 어떤 일을 하고 싶은지도…… 전혀 생각해 본 적이 없었다. 그냥 최고로 좋은 대학의, 좋은 회사에 취업 잘되는 학과. 그게 목표일 뿐이었다.

대학 합격 통지를 받았을 때 아민은 자신이 합격한 학교가 국내 최고 대학교의 경영학과라는 사실보다, 등록금이 저렴한 국립대학교라는 사실에 더 안도했다. 그러나 그 등록금마저도 엄마에게 내 달라고 말하기엔 버거웠다. 기뻐하는 엄마의 표정에 어린 그늘이 짙었고, 파티를 하자며 엄마가 사 온 마트 케이크에 마감 세일 스티커가 붙어 있는 걸 봤기 때문에 더욱.

그래도 어찌어찌 첫 학기 등록금을 마련한 엄마는 아민과 함께 직접 은행 창구에 가서 입금했다.

애가 우리 아들이에요. 열일곱 살밖에 안 됐는데 혼자 공부를 해서 합격을 했다고요, 그 학교에!

엄마가 은행원에게 자랑할 때 아민은 고개를 푹 숙였다. 은행원은 "어머. 예, 대단한 학생이네요" 하고 열없이 대답한 후 영수

증을 건넸다.

엄마는 저렇게 무성의하게 대답해도 될 만한 고객이구나. 그렇게 생각하며 아민은 다짐했다. 언젠가는 내가 아무리 허황된 이야기를 해도 비위를 맞춰 줄 수 있는 고객이 되리라, 하고.

대학교 오티(OT)에 가는 날, 엄마는 아민에게 사 두었던 새 옷을 주었다. 누가 오티에 이런 옷을 입고 가. 아민은 헤링본 재킷을 걸치면서 투덜거렸으나 엄마는 막무가내였다. 집이 가난해도 구질구질해 보이면 안 돼. 꼭 말끔하고 깨끗하게 하고 다녀야 해. 그건 가난해도 할 수 있는 거야. 엄마는 아민을 꼭 안아 주고서는 마지막으로 이렇게 속삭였다.

"약속해. 무슨 일이 있어도 절대 포기하지 않기로."

그날, 아민이 오티에서 어리고 빈티가 난다는 이유로 은근한 따돌림을 당하며 억지로 웃고 있던 그 시간, 아민 모자의 집은 완전히 불탔다. 옆방에서 혼자 살던 치매 노인이 켜 놓고 잊은 가스불이 원인이었다.

평소처럼 고된 노동을 끝내고 죽음같이 깊은 잠을 자던 엄마는 아무것도 눈치채지 못했다. 다행히 구조되었으나 연기를 흡입한 데다가 몸 곳곳에 화상을 입어 입원을 해야 했다.

화상은 경미했지만 마신 연기 때문인지 집이 전소된 것에 대한 정신적 충격 때문인지, 인지 능력이 크게 저하된 상태였다. 심지어 거동조차 하지 못했다. 그저 한마디만 할 뿐이었다.

약속해…… 약속해…… 약속해.

당장이라도 학교를 때려치우고 노가다라도 해야 할 상황이었고, 아민도 그러고픈 마음이었다. 그러나 병실의 철제 침대에 앉아서 엄마가 되뇌는 그 말이 아민의 결정을 막았다.

"약속해."

엄마가 바라는 건 하나뿐일 터다. 아민이 성취를 포기하지 않는 것. 그래서 아민은 눈물을 꾸역꾸역 참으며 대학교에 입학했고, 휘청거리며 캠퍼스를 오갔다. 잠은 학교 인근 고시원의 가장 싼 방에서 잤다. 딱, 죽어야만 들어가는 관만 한 방이었다.

그러다 3월 중순경 과방에서 '그 포스트잇'을 발견했다.

*

"되게 어려 보인다. 아니, 뭐라 하는 게 아니에요. 얼굴이 정말 순박하다. 키는 이렇게 크면서 참 아기 같네."

아민은 고개를 숙였다. 손도 안 댄 그릇들이 눈앞에서 뱅뱅 돌고 있었다. 종류가 너무 많고, 또 무슨 요리인지 알 방도가 없어서 도대체 무엇부터 먹어야 할지 모를 지경이었다. 그래서 젓가락을 든 채 힐끔힐끔 맞은편에 앉은 세 사람을 바라보았다.

그러니까, 아민이 상상할 수 없었던 별천지의 사람들을.

학과 사무실에서는 과외 선생을 구인하는 전화가 걸려 올 때마다 요구 사항을 포스트잇에 적어 과방에 게시하곤 했다. 그러면 학생들이 내용을 훑고 원하는 것을 떼어 가서 직접 연락했다.

아민도 지금껏 여러 번 그런 방식으로 구직을 시도했으나 한 번도 성공한 적이 없었다. 단연 나이 때문이었다. 열일곱이 어떻게 또래를, 혹은 나이가 더 많은 아이를 가르치겠는가. 아민의 나이를 들은 부모들은 절대 아민을 고용하지 않았다.

무엇보다 '자퇴'라는 말이 나오는 순간 게임 끝이었다. 한국 최고 대학의 경영학과를 다닌다고 해도, 중고등학교를 자퇴한 학생은 결격 사유가 있는 거였다.

그래서 아민이 할 수 있는 아르바이트는 편의점이나 카페, 햄버거 가게뿐이었는데, 그마저도 붙지 못했다. 아민이 솔직하게 써 낸 이력서를 본 사장들이 헛웃음을 지으며 말했기 때문이었다.

"얼씨구, 명문대생? 와서 우리 애들 무시하고 분탕 칠 일 있어요?"

아민이 게시판에서 떼어 낸 포스트잇에는 이렇게 쓰여 있었다.

입주 과외 선생 구함.
성별 및 학년 무관, 급여 극비, 월말에 후불로 지급.

아민은 검지에 붙인 포스트잇을 바라보며 휴대폰을 만지작거렸다. 망설이는 아민 옆에서 동기가 피식 웃더니 물었다.

"급여도 안 알려 주는데, 새우잡이 배에 팔려 가려고?"

다른 동기들도 낄낄거렸다. 아민은 신경 쓰지 않았다. 어차피 아민이 뭘 하든 조소할 준비가 된 인간들이었다. 왜일까? 왜 나를 저렇게 미워할까? 아직 아민은 답을 찾지 못했다.

어쨌거나 그렇게 지금 이 자리에 온 것이다. 자신의 고용 여부를 결정하는 '과외 미팅' 자리에. 의뢰인 부부는 여의도의 커다란 호텔에 위치한 중식당으로 장소를 잡았고, 상다리가 휘어지도록 음식을 시킨 상태였다.

그리고 두 사람 사이에 작은 체구의 남자아이가 하나 있었다.

"이 아이 이름은 신유정. 학년으로는 이제 고1이지만 나이가 좀 많아요. 스물. 선생님이랑 동갑이죠."

몸집이 워낙 작고 얼굴도 순해서 스물처럼은 절대 안 보이는데, 라고 아민은 생각했다. 반대로 아민은 처음으로 나이를 속인 차였다. 절박했으니까. 양심의 가책을 느끼면서 천천히 고개를 주억거렸다.

"아이가 많이 아팠어요. 병원에 오래 있느라 학교생활을 거의 못 했죠. 학업도 챙겨 줘야 하고 아이 상태도 계속 확인해야 하는데 우린 너무 바빠서, 차라리 좋은 선생님과 함께 살면 어떨까 생각한 거예요. 사실 성적은 그다지 신경 안 쓰셔도 돼요. 그냥 아이만 전반적으로 살펴봐 주시는 것으로 충분해요. 아셨죠? 우리 그렇게 욕심 많은 사람들 아니에요. 벌써 몇 년이나 뒤처졌는데요,

뭐. 아이 상태만 안정적으로 유지해 주시면 돼요. 외부 자극에 굉장히 민감한 아이거든요. 그런 걸 잘 차단해 주세요."

"……그렇군요. 그러면 댁은 어디……."

"아아, 저희 집에서 수업하시는 게 아니고요. 아이는 여기, 이 호텔에서 머물 거예요. 방 두 개짜리예요. 거실도 있고. 하나를 선생님이 쓰시고, 나머지 하나는 아이가 쓰고. 공부는 거실 테이블에서 하면 되고요."

"그럼 부모님께서는, 지방에 사시는 건가요……?"

아민의 질문에 유정의 부모는 한 몸처럼 박자를 맞춰 고개를 저었다. 둘 다 서울 시내 명문 사립 대학교의 교수라나. 지방에 사느냐는 물음이 마치 실례라도 되는 듯 언짢은 표정이었다. 그러나 금세 표정을 바꾸고는 얼른 먹으라며 아민에게 음식을 이것저것 덜어 주었다.

하지만 아민은 알아챘다. 그들은, 이상하게도 자식인 유정에게 아민을 대하는 만큼 살갑지 않았다.

식사가 끝나갈 즈음 유정의 부모가 말했다. 과외비가 시세에 비해 너무 '높아서' 미리 공개하지 않았으나, 월말마다 섭섭지 않은 액수를 후불로 지급힐 깃이라고. 그러니 학교에 가 있는 시간 말고는 유정과 내내 함께 있어 주면 좋겠다고. 식사도 룸서비스로 해결하고.

아민은 엄마를 떠올렸다. 그렇다면 엄마에게 간병인이 필요할 것이다. 간병인을 구하는 비용은 얼마일까.

그러나 이런 자리를 다시 구할 수는 없을 것 같았다. 일단 숙식이 모두 해결되는 것 아닌가. 더군다나 과외 면접에만 이 정도 돈을 쓰는 사람들이라면, 믿을 수 있을 것 같기도 했다.

그래서 대답했다. 네, 알겠습니다. 열심히 해 보겠습니다.

그러자 부모는 빙그레 미소 지으며 말했다.

"솔직히 이상하다고 생각하고 있죠? 우리 아이가 워낙 힘든 애라 그래요. 하루만 지내 보면 알 거예요. 도망가도 탓하지 않을 테니, 그만두고 싶을 땐 꼭 미리 이야기해 줘요. 부끄러워 말고. 알겠어요?"

아이가 듣는 앞에서 그렇게 말을 했다.

*

중식당에서는 내내 입을 꾹 다문 채 한마디도 안 하던 그 애는, 부모를 떼어 내고 방으로 올라오자마자 입을 열었다. 난생처음 보는 호텔 최고층 객실의 모습에 아민이 망연해져 있을 때였다. 당연히 그 말이 아민의 귀에 제대로 들어올 리가 없었다.

이런 세상이 있구나.

펜트하우스를 둘러보며 아민은 생각했다.

스무 살짜리 성인 남성에게 보호자가 필요한 세계가, 그 돌봄을 위해 이토록 큰돈을 쓸 수 있는 세계가 있구나. 눈먼 돈이 세상에 이렇게 많구나.

"듣고 있는 거예요?"

유정이 아민의 시야 안으로 불쑥 들어오며 물었다. 아민의 생각이 정지했다. 유정이 눈을 껌벅이며 아민을 올려다보고 있었다.

"어, 들었어. 그러니까, 정리하자면 네가……."

"사람의 마음을 읽을 줄 안다는 거죠. 그런데 그게 타고난 능력이 아니라 부모란 작자들이 과학 실험을 한답시고 제 뒤통수에 꽂아 넣은 칩 때문이라고요. 그 사람들은 저를 생체 실험 대상으로 쓰고 있었는데, 정작 이 칩 때문에 제가 적응 못 하고 불행해지니까 이제 책임 안 지고 유기하려는 거란 말이에요. 귀찮은 물건을 임대 창고에 넣고 잊어버리듯. 돈이야 많으니까요."

"그렇게 돈이 많으시구나……."

TV에도 주야장천 나오는 스타 과학자니까요. 대통령 표창도 받았다나, 하고 유정은 중얼거렸다.

아민은 생각했다. 하나뿐인 아들이 이런 망상에 시달리고 있다면 부모는 참 힘들겠다……. 남의 생각을 읽을 수 있다는 유정의 주장이 참이라면 지금 당장 발끈하거나 스스로를 변호하려 들어야 할 텐데, 그럴 기미가 보이지 않았다. 그래서 더더욱 그 주장이 망상일 뿐이라고 확정 짓게 되었다.

어쨌거나 이 과외 자리를 마다할 이유는 전혀 없었다. 평생 절대 경험하지 못할 것 같은 고급 숙식이 제공되는 데다가 과외생의 학업 성취는 신경 쓰지 않아도 되고, 혹시 난동을 피우더라도 아민이 맘만 먹으면 충분히 제압할 수 있을 정도로 유정은 작고 말랐으니까.

채용이 확정된 후, 아민은 곧바로 고시원 방을 뺐다. 엄마에게도 좋은 일자리를 얻었으니 걱정 말라고 이야기했다. 엄마는 아민을 멀뚱멀뚱 바라보기만 하다 말했다. 약속해, 라고.

아민은 대답했다. 약속해. 절대로 잘리지 않을게. 그리고 호텔방에서 자는 것에 익숙해지지 않을게. 그러면 엄마랑 살지 못하게 될 수도 있잖아?

그러자 엄마가 턱끝을 향해 입꼬리를 추욱 내렸다. 아민은 조금 미안했지만, 말을 정정하지는 않았다.

호텔방으로 돌아가자 거실 소파에 가만히 누운 유정이 보였다.

저 애는 평생 가난 따위 모르겠지. 내 삶에서 가난이라는 변수가 소거되었다면 그 어떤 어려움도 없었을 텐데.

아민은 대학 동기들을, 모두 자신보다 형이거나 누나인 그들을 떠올렸다. 고민이라고는 그저 연애 사업과 서로 간의 서열 정리 밖에는 없어 보이는 사람들을…….

"일어나. 수업하자."

아민이 말하자 유정은 픽 웃더니 쿠션에 얼굴을 묻으며 물었다. 왜요? 어차피 미팅 때 들었잖아요. 제가 아무리 거지 같은 성적을 받아도, 아무것도 성취하지 못해도 그 사람들은 신경 쓰지 않는다니까요? 쌤은 저를 감시하는 간수일 뿐이에요. 하나뿐인 아들이 밖에 나가서 반사회적으로 굴거나 자살이라도 하면 본인들이 곤란해지니까 그럴듯한 간수를 데려온 거라고요.

"그렇지만 나는 페이를 받을 거니까 할 일을 해야 해. 그게 내 원칙이야. 그러니까 일어나. 오늘 공부할 거 다 프린트해 왔어."

아민이 재촉하자 유정이 비척비척 일어서서는 나지막이 중얼거렸다.

"……쌤이 생각했던 대로 눈먼 돈을 받으면 되는데, 굳이 그렇게까지 정직할 필요가 있어요?"

유정의 말처럼, '눈먼 돈'이라는 표현은 실제로 언젠가 아민이 속으로 생각했던 것이었다. 그런데 내가 저 애 앞에서 말로 뱉은 적이 있던가. 아민은 아찔해져 지난 장면들을 떠올려 보았으나 기억은 영 확실치 않았다.

*

펜트하우스에는 킹 사이즈 침대가 놓인 방과 슈퍼싱글 침대가 놓인 방이 하나씩 있었다. 전자는 유정의 방이었고, 후자는 아민이 썼다. 두 방과 작은 거실은 모두 문 없이 명치 높이의 가벽으로만 분리되어 있었다. 그래서 독립된 공간이라는 인상을 주지는 못했다. 꼭 한방에서 함께 자는 것처럼 느껴졌다.

그거야 괜찮았다. 벽이 너무 얇아 옆방 사람의 트림 소리까지 들리던 고시원에서도 그랬으니까. 문제는 호텔 이불과 아민 자신의 사춘기적 체취, 음식 따위에 있었다. 이불은 지나치게 무거워서 잠을 방해했다. 그리고 자신의 호르몬이 향기롭고 비싼 공기를 오염시킬까 봐 너무나 두려웠다.

마지막으로 룸서비스. 분명 나름대로 맛있었지만, 한 끼에 얼마인지 알고 나서부터는 먹기가 힘들었다. 이 음식을 이 값에? 차라리 식대로 주면 좋을 것을. 그러면 잠깐 나가서 라면과 삼각김밥으로 끼니를 때우고, 나머지 돈은 다 저축할 수 있을 텐데. 엄마를 두고서 혼자 이렇게 사치스러운 음식을 먹는다는 사실에 죄책감이 들기도 했다.

대학교 수업 시간표는 유정의 어머니에게 이미 보고한 차였다. 물론 엄마를 잠깐이라도 보고 오기 위해 일부러 수업 시간을 한 시간씩 늘려 말하긴 했지만. 그 시간에는 외출을 할 수 있었다. 어차피 유정도 매일 등교하니 전혀 문제 될 것이 없다고, 수화기 너머의 목소리는 자비롭게 이야기했었다. 게다가 유정이 귀가하는 시간과 아민이 호텔방에 도착하는 때도 매일 엇비슷했다.

진짜 문제는 보통의 과외 자리와 다르게 과외비가 후불이라는 거였다. 당장은 돈이 부족했기에, 아민은 학교에서의 점심값을 최대한 아끼기로 했다. 찐 밥과 멀건 국에 김치, 김밥용 햄을 지진

부침, 장아찌나 젓갈이 전부인 가장 저렴한 학생 식당 메뉴('주머니가 가벼운 대학생을 위한 학교 측의 배려'라고 했다)는 분식점 라면보다 쌌다.

그걸 꾸역꾸역 입에 집어넣으며 생각했다. 이건 학교가 끝나면 또다시 남의 눈먼 돈으로 차려진 비싼 음식을 분수에 맞지 않게 혼자 먹을 자신에 대한 벌이라고. 과외 선생이랍시고 뭘 가르치기는커녕 그저 스무 살짜리 형의 보호자 혹은 간수 역할을 하고 있는 자신에게 딱 알맞은 식사라고.

반찬이 너무 적어 밥이 많이 남곤 했다. 그러면 정수기에서 물을 떠 와 밥을 말아 먹었다.

그렇게 시간을 보내는 동안 아민은 또 다른 문제를 발견했다. 빨래였다. 집이 불탔으니 여벌 옷이 있을 리 없었다. 보이는 옷 가게마다 들어가 보았으나 가격표를 보면 계속 뒷걸음질했다. 결국 기부 물품으로 운영되는 가게에서 몇 벌을 급히 샀다.

그러나 빠르게 푹해지는 날씨가 아민을 곤란하게 만들었다. 겉옷보다도, 속옷이 문제였다. 아민은 본디 깔끔했다. 겨우 대여섯 살이었을 때부터 매일 직접 손으로 팬티를 빨아 널었다. 엄마 말대로 아무리 보잘것없는 사람이더라도 깔끔하고 싶었다. 눅눅하고 냄새나는 속옷을 입고 강의실에 앉아 있느니 차라리 결석을 하고픈 마음이었다.

화장실에서 속옷 빨래를 하는 우리 과 남학우가 있다는 제보를 받았습니다. 비위생적인 행동으로 과의 이미지를 실추시키는 학우는 정체를 밝히기 전에 공개 사과 하시기 바랍니다.

과방 게시판에 글이 붙자, 과 단톡방은 '그 학우'를 조롱하는 내용으로 도배되었다. 아민은 곧바로 눈치챘다. 범인은 자신이고, 과 사람들은 그걸 이미 알고 있다는 사실을. 모르려야 모를 수가 없었다. 모두가 티를 냈으니까.

그간 병원 화장실에서 번갯불에 콩 구워 먹듯 빨래를 해 왔으나, 그럴 때마다 엄마가 극도로 침울해했기에 어쩔 수 없이 눈 딱 감고 단 한 번 벌인 일이었다. 바로 발각될 줄은 몰랐다.

"쪽팔린 줄도 모르냐? 공중도덕을 몰라?"

텅 빈 강의실로 아민을 부른 과 대표 선배가 추궁했을 때, 아민은 고개를 푹 수그리고 땅만 보았다. 당연히 안다. 쪽팔린 줄도, 공중도덕도.

하지만 당신들은 내가 왜 그랬는지 모르겠지. 끼리끼리 모여 조기 유학을 어디로 다녀왔는지, 수업 끝나고 어디 가서 뭘 먹을지, 방학 때 어느 나라에 함께 놀러 갈지, 생일 선물로 부모에게 무슨 차를 사달라고 할지를 매일 경쟁적으로 떠드는 당신들은…… 아마 빨래를 할 수 없으면 새 옷을 사면 되지 않느냐고 되묻겠지. 혹은 코인 세탁소에 가라고 말하겠지. 내게는 코인 세탁

한 번조차 얼마나 부담이 되는지 생각하지 않고.

아민은 자신보다 한참 나이가 많은 그 선배를 바라보았다. 그는 유일하게 아민에게 호의적이었던 사람으로, 겉돌던 아민을 데리고 드라이브를 가기도 했다. 북악산이었나.

거기서 선배는 빵과 커피를 사 주며 물었다. 너는 왜 경영학과에 왔냐고. 돈을 벌고 싶어서요, 라고 아민이 대답하자 그 형은 자비롭게 웃더니…… 뭐라고 했더라.

열일곱 살에 그런 꿈을 가지는 건 되게 슬픈 일이라고, 세상을 더 인간적으로 보라고.

아민은 그렇게 기억하고 있다. 그때는 그 말이 기분 나쁘다고 생각하지 않았다. 자신에게 따뜻하게 대해 주는 선배의 옳은 조언이라고 여겼다.

그 선배가 지금, 아민에게 침을 튀기고 있다.

"네가 경제적으로 힘든 거 누가 모르냐? 그래도 정도가 있지. 가난해도 깔끔하게 살 수 있어. 가난해도 남한테 피해 안 주고 티 안 낼 수 있다고. 네가 노력만 좀 더 하면 되는 일이야. 그런데 대체 왜 그래? 시위해? 아니면 내가 이렇게 구질구질해도 너네랑 같은 학교 들어온 천재라고 광고라도 하고 싶은 거야?"

정수리 위로 쏟아지는 선배의 말을 들으면서, 아민은 대학에 합격한 날 엄마가 했던 말을 떠올렸다.

어디든 좋은 곳에 가면 사람들이랑 절대 싸우지 말고, 화도 내지 말고, 항상 웃도록 하렴. 일 분 참으면 한 계절을 더 버틸 수 있게 된단다. 대학도 똑같아. 세상은 아주 좁고, 만났던 사람을 언제 어디서 다시 만나게 될지 몰라. 그러니 항시 긍정적으로, 사람들을 이해해 주면서 살아라. 네가 정말로 하고 싶은 말은 성공하고 나서 해도 늦지 않는다. 알겠지?

왜 제게 이렇게까지 악의를 가지고 있으세요? 아민은 묻고 싶었으나 차마 입을 열지 못했다. 그런데 선배가, 참으로 똑똑한 그 사람이 아민의 마음을 읽기라도 했는지 먼저 답을 주었다.

"나도 이런 얘기하기 참 미안해, 인마. 근데 너도 알아야 돼. 네가 쪽팔리게 굴면 그게 우리 과 이미지랑 다 연결이 된다고. 알겠어? 우리가 뭐 때문에 쌔빠지게 공부해서 들어온 건데."

*

선배와 헤어져 호텔방에 돌아오니 유정이 역시나 거실 소파에 우두커니 엎드려 있었다. 고용주에게 해야 할 건 사려 깊은 인사겠지. 아민은 유정에게 다가가서 곁에 쭈그려 앉아, 유정의 귓바퀴에 입을 가까이 대고 말했다.

"오늘 수업이 좀 늦게 끝났어. 미안해."

대답은 바로 흘러나왔다.

"거짓말."

"응?"

"아니에요, 됐어요."

유정은 손사래를 치더니 소파에서 일어났다. 유정이 얼굴을 파묻고 있던 긴 옷소매에 짙은 얼룩이 진 것이 보였다. 유정의 눈 역시 축축했다. 에이, 자다가 침을 흘렸네. 유정은 투덜거리며 아민 쪽을 보았다.

"빨래 맡겨야겠다. 쌤, 빨래 맡길 거 없어요?"

"어?"

"겨우 이거 하나 빨아 달라고 하기엔 돈도 아깝고 귀찮잖아요. 일반 물빨래로 맡길 건데, 그건 개수가 아니라 킬로 단위로 계산하거든요. 지금 내가 맡길 거는 500그램도 안 될 텐데."

"네 옷 모아 뒀다가 한 번에 해."

"됐어요. 저 이거 빨리 다시 입고 싶단 말이에요. 제가 제일 좋아하는 옷이거든요."

유정은 손을 온통 덮은 옷소매를 팔랑거리며 테이블로 가서 앉았다. 아민이 테이블 쪽으로 몸을 돌린 동시에, 유정이 티셔츠를 훌러덩 벗었다. 밑에 아무것도 받쳐 입지 않았는지 맨몸이 그대로 드러났다.

도드라진 갈비뼈보다 노랗고 파란 멍이 먼저 눈에 들어왔다. 아민은 시선을 바닥으로 떨어뜨리고 바닥에 깔린 카페트 무늬를 유심히 보는 척했다. 유정은 시큰둥한 표정으로 휘청거리며 옷장 쪽으로 걸어가더니 다른 티셔츠를 꺼내 걸쳤다.

부모가 때린 것일까? 아니면 자해? 그도 아니면 학교 폭력? 아민의 머릿속에서 세 가지 가능성이 빙글빙글 돌았다. 저녁 룸서비스가 도착했다는 초인종 소리가 정적을 깨뜨릴 때까지.

라면 냄새가 났다. 아민은 서빙된 트레이를 바라보았다. 라면이 올려져 있었다. 다만 아민이 익히 아는 라면의 모습은 아니었다. 오히려 호화판 짬뽕에 가깝지 않을까, 육해공의 산해진미가 모두 올라간 라면이라면.

"제가 먹고 싶어서 시켰어요. 메뉴에는 없는데 말씀드리니까 해 주시더라고요."

유정이 옷장 한구석에서 가벼운 플라스틱 바구니를 들고 와 아민의 옆에 턱 내려놓았다. 안에는 소매가 축축하게 젖은 아까 그 티셔츠 한 장만 덜렁 들어 있었다.

"밥 먹으면서 빨래 서비스 부를 건데, 얼른 쌤 것도 넣어요. 티셔츠 한 장이나 빨래 1킬로나 세탁비는 똑같다고요. 돈 아깝잖아요. 제발요, 네?"

*

펜트하우스의 밤은 고요했다. 작은 침대에 누운 아민은 잠을 잘 이루지 못했다. 가벽으로 분리된 유정의 방 쪽에서는 정말이지 아무 소리도 나지 않았다. 무거운 침구가 바스락거리는 소리조차 들리지 않아 아무도 없다고 해도 믿을 지경이었다. 유정이 화장실에 가느라 일어나는 기척이 들리지 않았더라면 아민은 과외생이 어디론가 도망이라도 갔을까 걱정되어 참다못해 유정의 침대를 찾아갔을 수도 있었다.

산해진미가 가득 올라간 라면을 먹고 누워서 그런지 속이 더부룩했다. 그 어떤 음식보다도 낯설었던 라면. 그러니 어쩌면 그 부조리에서 오는 알레르기 반응일 수도 있다. 라면은 그런 것이 아닌데. 그렇게 돈을 쏟아부은 라면이 맛있는 것이 아닌데.

아민은 몸을 돌려 배를 깔고 엎드렸다. 옷이란 옷은 모두 세탁 서비스로 보냈기에—'급속 세탁'이라나. 다음 날 새벽에 문 앞으로 보송보송하게 건조된 세탁물이 배달될 것이라고 했다—팬티 한 장만 걸치고 있었다. 아민은 이불로 제 몸을 둘둘 말아 유정에게 맨몸을 보이지 않으려 노력했다.

그러면서 자연히 유정의 알몸을 떠올리게 되었다. 그 갈비뼈. 그 멍 자국. 가뜩이나 마르고 작은 몸을 그 지경으로 때린 사람은 누굴까. 아주 파렴치한 인간인 게 분명해.

아민은 손바닥으로 세 얼굴을 세게 문질렀다. 그 사람을 찾고 싶었다. 자신이 사람에게 손찌검 한 번 하지 못할 겁보인 것은 잘 알지만, 그래도 알아내고 싶었다. 마구 헐뜯고 싶었다. 그러면 선배에게 비난받아 생긴 자신의 울분이 풀릴 것도 같았다.

그러다 문득, 사람의 마음을 읽을 수 있다는 유정의 주장이 진실이라면, 그래서 이 마음을 유정에게 들킨다면 못내 부끄러울 것 같았다. 아민은 침을 꿀꺽 삼켰다. 진실일까? 정말일까? 하지만 사람의 마음을 읽는 칩이라…… 그런 기술이 발명되었다는 건 어느 뉴스에서도 본 적이 없는데.

'저기……'

아민은 소리 내지 않고 속으로 물었다. 유정은 대답이 없었다.

'부모님이 네 머리에 칩을 넣었다고 했지. 그럼 그걸 이식할 때의 기억이 있어? 있으면 어땠는지 얘기해 줘. 궁금하니까.'

다시 물었으나 여전히 묵묵부답. 그러나 실은 답이 있든 없든, 아민에게 있어 그건 그다지 중요한 점이 아니었다. 그래서 아민은 무언의 말을 이었다.

너에게, 아니, 형이지, 참. 형에겐 미안하지만 말이야, 뒤통수에 칩 하나를 심는 대가로 돈 걱정을 하지 않고 살 수 있다면 내가 그 길을 택하고 싶어. 나는 엄마를 사랑하지만, 형의 부모가 내 부모라면 나는 정말 최선을 다해 열심히 살래.

사실 학교 입학하기 전 오티 때, 술집에서 사이다만 먹다가 토할 뻔했던 적이 있어. 잔뜩 취한 동기들이 어느 순간 엉엉 울면서 자기가 학창 시절에 얼마나 힘들었는지 털어놓더라고. 유학 시절의 외로움, 학원과 과외 뺑뺑이, 부모의 과도한 기대 같은 것들이 우는 이유였지. 그게 트라우마래.

그러면서 나보고 그러는 거야. 자기들은 가난하고 자식한테 기대 안 하는 부모 아래서 자유롭게 자랐다면 훨씬 행복했을 거래. 내가 부럽대. 어이가 없어서 가난이 부럽냐고 물었더니, '가난한 전형'으로 들어온 거 아니냐며 되묻더라. 맞지. 기회균등으로 들어왔으니 그렇게 표현하고 싶다면야 맞긴 하지…….

나는 생각에 빠져 있는데, 자기들끼리 계속 지껄이는 거야. 가난하더라도 굶어 죽을 정도는 아니지 않냐고. 한국 복지 제도가 다 보호해 준다고. 그러니 그런 가정에서 태어나 멋진 성취의 주인공이 되는 걸 택하고 싶대. 과분한 박수를 받지 않겠느냐고. 반대로 자기들은 무조건 여기 와야 하는 걸로 정해져 있었다나. 그래서 입시에 성공했을 때도 마땅한 칭찬 한 번 듣지 못했다나?

유정의 방 쪽에서 침구가 바스락거리는 소리가 들리는 듯도 했다. 아민은 눈을 감았다.

만취한 동기들의 눈물을 보면서 생각했어. 나는 가난에서 탈출하고 싶어서 경영학과를 선택했으니 저런 사고방식에 익숙해져야겠지, 하고. 절대 기름처럼 겉돌지 않겠다고 계속 다짐했어. 내 출신을 최대한 잊겠다고. 왜냐하면 나는, 꼭 부자가 될 거니까. 부자가 되어서, 모래알처럼 작은 일에도 실컷 울고 방황해도 되는 여유를 가질 테니까…….

아민은 푸후, 하고 한숨을 내쉬었다. 눈은 여전히 감은 채였다.

그래, 그런 여유가 나는 가장 부러워. 경제적 생존과 무관한 이유로 죽고 싶을 만큼 고민할 수 있는 여유가. 형 같은 사람은 죽어도 모르겠지. 설사 남의 생각을 읽는다는 형 말이 진짜라 하더라도, 형이 읽는 나의 사정들은 불행을 보여 주는 영화와도 같을 거야. 보면서 끝없이 눈물짓고 화도 내지만, 정작 관객은, 그러니까 듣기만 하는 형은 몹시 안전한 거지.
 극장을 나와서는 타인의 불행에 공감했던 자신에게 만족하며 집으로 가는 거야. 형의 경우에는 이 비싼 호텔에 도달하는 거지. 그러고는 등 따숩게 자는 거야…….
 형은 절대로, 나를 온전히 이해하지 못해. 그래서 나를 온전히 위해 주지도 못해. 라면, 빨래, 다 고맙지만 거기까지야. 물론 나도 형이 가진 나름의 아픔을 모를 테지만. 아, 이해하려고 노력하는 척은 하겠지. 나는 돈을 받는 노동자니까.
 그렇지만 사실, 나는 따뜻한 극장에 앉아 있는 관객들이 부러워. 게다가 그 사람들은 종종 이런 말을 하곤 하잖아. 너무 과장되었네, 세상에 저런 불행이 어디 있어, 라고…….
 그렇게 유정을 언짢게 만들 만한 말들을 계속 속으로 중얼거렸으나, 벽 뒤쪽에서는 아무런 반응이 없었다. 아민은 서서히 잠이 들었다.
 얄궂게도 자신이 유정을 때려 멍들게 하는 꿈을 꿨다.

*

　호텔방에서는 벚꽃 길이 내려다보였다. 인근 지하철역에 돗자리를 멘 채 도시락통을 들고 다니는 사람이 점점 많아졌다. 벚꽃은 어디서든 볼 수 있는데 그것이 그저 한군데 모여 있다는 이유만으로 이런 고생을 감수해야 하나. 그 정도로 여유를 가진 무료한 사람이 많나. 아민은 굳은 표정으로 생각하며 사람들을 헤치고 성큼성큼 계단을 올라 호텔로 향하곤 했다.

　그래서 유정이 벚꽃놀이를 가고 싶다고 했을 때 크게 놀랐다. 그 애가 자신에게 지금껏 무언가를 요구한 적이 한 번도 없었으므로 더더욱.

　"난 벚꽃놀이, 그거 싫어해. 그리고 학교 갔다 오면서 저 길 지나다니면 되잖아. 뭐 하러 사서 고생을 해?"

　"매일 걷는 곳도 소풍으로 가면 달라요. 쌤은 나 책임져 줘야 하는 사람이니까 같이 가야겠죠? 만약 내가 계속 고집을 부린다면요."

　"그런 데 가면 시끄럽지 않겠어? 너, 사람들 생각이 다 들린다며. 갔다가 스트레스 받아서 빈혈이라도 생기면 나 내 낯 뇌는 거 아니야?"

　"들린다고는 안 했는데요. 읽을 수 있다고 했지."

　"그럼 내가 진짜로 가기 싫어한다는 것도 읽어서 알 텐데, 왜 굳이 같이? 나한테 불만이 있으면 말로……."

그때 벨이 울렸다. 세탁 서비스였다. 감사합니다. 유정이 꾸벅 허리를 숙이며 세탁물을 받았다. 티셔츠 한 장을 제외하고는 모두 아민의 옷뿐인 짐을.

말 이을 타이밍을 놓친 아민은 씩씩대며 유정이 건네는 옷 더미를 받아 들었다. 유정은 자신의 티셔츠에 코를 묻고 숨을 들이마시더니 향기가 너무 좋네요, 꽃향기가 나요, 하고 중얼거렸다.

정말이었다. 아주 보송보송하고 향긋했다. 그러나 아민은 그 옷을 들고 가만히 서 있기만 했다.

그때 유정과 똑같이 코를 묻고 옷 냄새를 맡았다면 얼마나 좋았을까. 그놈의 같잖은 자존심 때문에 아주 나중까지 후회하게 될 줄은 꿈에도 모르고.

대신 물었다.

"너 등교할 때 데려다주는 걸로 대신하면 안 되니?"

"네?"

"어차피 너 학교 갈 때 벚꽃 길 걸어야 하는 거 아니야? 네 등교가 훨씬 빠르니까, 내가 너 학교 데려다주면 되지 않을까 해서. 벚꽃놀이 대신으로."

사실은 멍투성이의 몸이 걱정되어서였다. 혹시 학교에서 벌어진 일이라면 자신이 할 수 있는 일이 있지 않을까.

그러면서도 자신이 명목상 '선생'이기 때문에 이런 걱정을 하는 거라고 생각했다. 어떻게든 돈값을 해야 한다는 직업의식 때문에. 비록 수업은 매일 하는 둥 마는 둥 엉망진창이라 하더라도, 유정과 있을 때만큼은 조금이라도 선생답고 싶었으니까. '양심'의 문제라고 아민은 생각했다.

"……고등학생씩이나 되어서 엄마가 학교 데려다주는 기분이 들겠네요."

그러나 유정의 얼굴은 밝아 보였다.

"싫으면 어쩔 수 없고."

"좋아요. 그러면 도시락도 싸나요?"

"뭐?"

"꽃놀이 갈 땐 원래 도시락도 까먹고, 돗자리에도 앉고 그러잖아요. 싸 주실 거예요?"

*

약속해…… 약속해…… 약속해.

중얼거리는 엄마 옆에서 아민은 가만히 케이크를 잘랐다. 학생, 잘 먹을게. 고마워. 조각 케이크를 받은 같은 병실의 환자며 간병인 들이 인사를 건넸다. 아민은 웃으며 고개를 끄덕이고서는 플라스틱 스푼으로 남은 케이크를 조각조각 잘랐다. 마치 짓이기듯. 그러고는 그걸 엄마의 입에 떠 넣어 주며 말했다.

"엄마, 내가 꼴사납게 직접 내 생일 챙기고 싶어서 샀어. 내일 내 생일인 건 알지?"

"약속해."

"엄마도 내 생일 때 항상 케이크를 사 왔잖아. 식구가 둘밖에 없는데 왜 이렇게 큰 걸 사 오냐고 맨날 뭐라고 해도 안 듣고. 결국엔 다 못 먹어서 버리고. 작년엔 엄마가 케이크 안 사 오는 게 꿈이라고 참 싸가지 없게도 말했었는데. 그 말 때문에 이런 일이 일어난 걸까 싶기도 해."

"약속해."

"그래서 이번엔 내가 사 왔어. 사과하는 마음으로. 내일은 못 올 것 같아서. 대학 수업도 많고, 아침부터 과외생 배웅을 해 줘야 해. 아주 피곤한 애야. 남자끼리 새벽부터 무슨 벚꽃놀이를 가자고……. 돗자리도 챙기고 도시락도 가져가야 한대. 무시하려고 했는데, 걱정되어서 가 주겠다고 말해 버렸어. 스무 살이나 먹었으면서 남 걱정시키는 데엔 아주 일가견이 있어, 걔가. 수업한 지 한 달도 안 됐는데, 그래서 페이도 아직 못 받았는데. 나 착취당하고 있는 건가?"

아민은 엄마의 희끗한 머리를 귀 뒤로 넘겨 정리해 주었다.

"뇌에 무슨 칩을 심어서 남의 생각을 읽을 수 있대. 웃기지? 분명 거짓말일 게 분명해. 만약 정말 속마음을 들여다볼 수 있다면 내가 자기를 얼마나 우스워하는지 알 거거든. 분명히 상처 입었을 거야. 그런데도 전혀 그런 기색을 보이지 않고 계속 같이 뭐 하자, 어디 가자, 하고 들러붙는단 말이야……. 사람이 자존심이 있으면 그럴 수가 없지. 그래서 나는 걔 말이 거짓말이라고 생각해."

물론 그렇게 결론 내린다면 라면도, 빨래도 절묘한 우연의 일치라고밖에 설명할 수 없지만.

"좌우지간 나는 덕분에 좋은 데에서 잘 자고 잘 먹으니까, 이제 돈만 받으면 돼. 그 목적뿐이야. 그래서 잘해 주는 거야."

"약속해."

"으응, 약속해. 엄마 퇴원할 때까지 엄마는 내 걱정 하나도 안 해도 된다고, 지금 약속할게."

아민이 엄마를 재우고 호텔방으로 돌아오니 역시나 유정이 먼저 도착해 거실 소파에 엎어져 있었다. 깨금발로 살금살금 걸어서 그 옆을 지나치려 하는데 휴대폰 진동이 요란하게 울렸다. 유정의 아버지였다.

아민은 급히 다시 방을 나와 복도에 섰다. 유정의 아버지와는 유정을 맡은 후 처음 하는 통화였다.

"아이가 문제 일으킨 것은 없죠?"

"네, 성날 착해요, 아버님."

"처음엔 착해 보이지요. 하지만 사람을 잘 속입니다."

"예?"

"이상한 말은 안 하던가요?"

"어떤 이상한……."

"뭐, 척 듣기에도 정신 이상자가 하는 것 같은 말 있지 않습니까. 과학적으로 말도 안 되는 헛소리들이요."

그렇지, 있었다. 미치광이 과학자 부모가 내 뇌에 칩을 심었어요, 그래서 사람 생각을 읽을 수 있어요 같은 것. 수상한 정황도 있었다. 노랗고 파란 멍으로 뒤덮인 알몸.

그러나 아민은 침을 꿀꺽, 삼킨 후 말했다. 아니오, 그런 말은 하지 않았습니다.

"다행이네요. 저나 제 와이프가 매스컴에 워낙 많이 노출돼서 이미 잘 아시겠지만, 저희가 맡은 일이 참 많아요. 이번엔 대통령 후보자 자문도 맡았고. 눈코 뜰 새 없이 바쁜 와중에 아이가 피해망상증에 걸려서 너무나 괴로워요. 실은 유정이 때문에 몇 년을 허송세월했거든요."

아민은 그들 부부를 몰랐지만, 아는 척 "네, 네" 하고 대답했다.

"아이 맡고 나서 이렇게 오래 버티신 분은 처음이에요. 그래서 감사하는 마음으로 연락드렸습니다."

"……예?"

"정말 온갖 선생님을 다 모셔 봤는데, 다들 일주일도 안 되어서 저한테 전화 주셨거든요. 아이가 이상하다고."

"어떻게 그런……."

"그러니까요, 선생님. 애 엄마랑 제가 얼마나 피눈물을 흘렸겠습니까? 아이의 정신이 아프다는 이유로 아이를 포기하는 선생들을 몇이나 경험하면서, 우리 아이는 또 얼마나 상처를 받았겠습니까?"

하지만 당신들은 지금껏 단 한 번도 이 호텔에 아들을 보러 온 적이 없잖아. 아민은 생각했다. 물론 겉으로는 이렇게 말했다.

"정말, 정말 그러네요……."

"그러니 선생님께 너무 감사하지요. 우리 유정이가 드디어 믿고 기댈 수 있는 진정한 선생님을 만났다는 생각에요."

그러더니 어딘가 신이 난 목소리로 덧붙이는 것이었다.

"우리 유정이, 정말 힘들었고 그래서 어디에도 적응할 수 없는 아이입니다, 그러니 선생님이 꼭 붙들어 주시고 그 애가 어떤 이상한 말을 해도 너른 마음으로 이해해 주세요. 부디 부탁드립니다. 평생 피해망상에 시달리며 힘들게 살 아들놈을 생각하면 눈물이 나거든요. 그래도 세상의 따뜻함만은 알 수 있게 해 주세요. 모쪼록 부탁드립니다. 아셨죠? 그리고 아이가 혹시 밖에서도 칩이니 뭐니 한다면, 그러면 인생이 완전히 돌이킬 수 없게 되거든요. 정신병자로 낙인이 찍혀 버리니까요. 그러니 아이가 선생님에게만 그런 생각을 털어놓을 수 있게끔, 그래서 밖에선 이상한 말 하지 않고 버틸 힘을 얻게끔 선생님께서 꼭 좀 노력해 주십시오. 아시겠지요?"

통화가 끝나자마자 은행 앱에서 알림이 왔다. 아주 천문학적인 숫자는 아니었지만, 아민이 한꺼번에 헤아릴 수 없는 자릿수의 돈이 입금되었다.

이어 문자가 도착했다.

[감사한 마음에 약소한 금액이나마 먼저 보내 드립니다. 차액은 말씀드린 대로 한 달이 될 때 드리겠습니다. ^^]

아민은 다리에 힘이 풀려 복도에 주저앉았다. 그리고 액수를 더듬더듬 세어 보았다. 일 년 치 등록금으로 쓸 수 있는 금액이었다. 이게 약소하다고? 한 달을 다 채우면 얼마를 더 주려고?

아민은 바보가 아니었다. 입막음 비용이란 걸 잘 알았다. 어쨌거나 부부는 유명한 이들이다. 동시에 아들에게 실제로 칩을 심었든 아니면 아들이 망상하고 있든지 간에, 이제 다 커 버린 유정이 세상에 나서서 부모의 이름에 먹칠할 가능성을 통제하고 싶어 한다.

그래서 이렇게 멀끔한 감옥에 가두고, 입주 과외라며 간수를 고용하고, 간수의 능력을 칭찬해 남아 있게끔 만들고…….

그러나 너는 돈 때문에 여기 있는 거야. 아민은 스스로를 다그쳤다. 다른 생각은 하지 마. 감상주의나 어쭙잖은 동정심에 매몰되지 말라고. 너는 벽 너머의 저 애보다 더 불행해. 알지? 너는 여기가 아니면 잘 곳도 없고, 무엇보다 돈을 벌어야 해. 그러니 저 애를 동정할 필요 없어. 이 일을 오래오래 해야 해. 양쪽의 비위를 고루 맞추면서 말이지. 그러니 그놈의 꽃놀이, 못 갈 것도 없어.

아민은 잔고를 다시금 세며 마음을 고쳐먹었다. 유정이 그토록 하고 싶다던 꽃놀이를 아침 등굣길에 빠르게 해치워 버리지 않고, 열과 성을 다해 오래오래 함께하기로. 우글우글한 사람들 틈에 돗자리를 펴고 앉은 채 김밥도 먹고, 부족하다면 치킨도 시키고, 흘러가는 강물을 보며 소원을 빌어도 보고, 그러다 날이 지면 밤에 흐드러진 벚꽃이 얼마나 하얗게 빛나는지도 보기로.

그게 그렇게 하고 싶다고 하니까. 돈을 받았으니 정직한 직업의식을 가져야지. 그러고 보니 아민 역시 꽃놀이 같은 건 한 번도 간 적이 없었다. 처음이었다.

아민은 다시 방으로 들어가 유정에게 계획을 바꿨노라고, 학교가 파할 때까지 기다려 주겠다고 이야기했다. 유정은 뛸 듯이 기뻐했다. 그 모습을 보며 아민은 벽 너머에 있으면 유정이 자신의 생각을 읽지 못하는 것인지, 정말 그렇다면 그 능력이란 게 얼마나 우스운지 생각하며 고개를 갸우뚱거렸다. 자신이라면 자존심 때문에라도 한 번쯤은 입을 비쭉거릴 텐데.

*

'벚꽃의 꽃말은 중간고사'라는 말이 대학가에서는 자주 돈다.

고등학생들보다 조금 더 빠른 중간고사 기간이 딱 벚꽃 흐드러질 때인 탓이다. 아민의 동기들은 도서관에서 함께 밤을 샌다, 야식을 시켜 먹는다, 스터디를 한다 운운하며 빠르게 친목을 쌓아 나갔다. 원래도 외톨이였던 아민은 더더욱 혼자가 되었다.

그리고 수업에 갈 때마다 주로 듣는 말은,

"뭐야, 아직도 새우잡이 배에 안 팔려 갔어?"

따위의, 왜 수상한 과외를 가장한 인신매매의 희생양이 되지 않고 여기 있느냐는 농담이었다. 웃으며 던진 말이었으나 뼈가 있었다.

내가 무얼 잘못했다고. 아민은 내내 속으로 답답해하다가 너무 화가 났던 어느 날, 빠른 말투로 대답했다.

"그러게요, 일주일 만에 돈 몇백을 그냥 꽂아 주던데요? 호텔방에서 자고 식사도 죄다 룸서비스로 시키는데도요. 진짜 새우잡이 배에 팔아 버릴 거라면 왜 이렇게 호강을 시켜 주는지 저도 좀 궁금하기는 해요, 형."

"와 씨, 몇백? 무슨 개소리야? 호텔은 또 뭔 소린데?"

듣지 않는 척 귀를 쫑긋 세우고 있던 동기들이 우르르 몰려들었다. 아민이 놀라 입을 다물었으나 그들은 계속해서 추궁했고, 결국 자백을 받아 냈다. 집이 아니라 호텔방에서 사는 스무 살짜리 고등학생이 과외생이고, 부모는 한 번도 들여다보지 않으며 성적이 어떻게 나오든 상관조차 하지 않는 과외라는 실토를…….

"와, 존나 부잣가 보네. 집에 돈이 그렇게 많은데 세상 물정 모르고 얌전히 갇혀 있는다고? 그런 부자가 있어? 개 빡치네."

아민의 입장에선 충분히 부자인 남자 동기 하나가 이를 박박 갈며 말했다.

"나 참, 왜 성아민 네가 거기 있냐. 너랑 있어 봤자 퇴행밖에 더 하냐? 나이로도, 경험적으로도. 너 걔랑 하루 종일 있는다며. 둘이서 뭘 하냐? 네가 술을 마실 수 있길 하냐, 어떤 그…… 양질의 문화적 경험을 나눌 수 있길 하냐. 하다못해 고등학교 생활 팁을 알려 주는 것도 못 하지. 넌 초졸이잖아. 뭘 할 수 있는데?"

그러게, 내가 뭘 할 수 있을까. 아민은 대답할 수 없었다. 동기는 의기양양한 표정을 지으며 자리로 돌아갔다.

곧 시험이 시작되었다. 그 동기보다 자신이 시험을 훨씬 잘 보았다는 사실을 아민은 바로 알 수 있었다. 그러나 계속 마음이 불편했다. 내가 뭘 할 수 있을까. 어떻게 하면 유정이 조금이라도 덜 불행하다고 스스로 느끼게 해 줄 수 있을까.

같은 질문을 계속했지만 참 얄궂게도, 넌 유정과는 아주 거리가 먼 사람이니 불가능하다는 답변만 떠올랐다. 동기의 말이 맞았다. 유정에게 세상을 가르쳐 줄 수 있는 그 어떤 것도 아민은 가지고 있지 못한 듯했다.

 평일 아침마다 아민은 자는 유정을 억지로 깨우곤 했다. 그러면 유정은 실눈을 뜬 채로 중얼거리는 것이었다. 선생님, 학교 안 가도 제 부모는 아무런 걱정을 하지 않아요. 아니, 오히려 그 사람들은 내가 그저 여기 가만히 갇혀 있는 걸 바랄 거예요, 라고.
 "학교랑 공부 싫어하는 과외생 말을 곧이곧대로 믿는 과외 선생이 세상에 퍽이나 존재하겠네. 얼른 일어나."
 아민이 핀잔하면 유정은 그제야 툴툴거리며 일어났다.
 그러나 꽃놀이를 가기로 한 날은 달랐다. 아민은 테이블에 교재를 잔뜩 펴 놓고서는 밤이 새도록 시험공부를 하던 중 깜박 졸았다가, 누군가가 어깨를 톡톡 두드리는 것에 놀라 벌떡 일어섰다. 유정이 잠든 아민을 깨운 것은 처음이었다.
 뭐야, 왜 벌써 일어났어. 눈을 비비며 물은 아민은 유정이 이끄는 대로 비몽사몽 따라가 유정의 침대를 보았다. 그러고는 입을 쩍 벌렸다. 침대 위에 온갖 옷이 무더기를 이루며 쌓여 있었다.
 분명 내가 시험공부하는 내내 유정은 깔끔한 침대 위에서 반듯하게 자고 있었는데? 대체 무슨 일이 있었담. 저토록 기척을 냈다면 분명 잠귀 밝은 자신이 듣고 일어났을 텐데, 얼마나 곤히 잔 건가 싶었다. 그리 생각하자 조금 무안해졌다.
 "일찍 깨워서 죄송해요. 아직 새벽 다섯 시거든요. 사실은 며칠

전부터 계속 말을 걸고 싶었는데, 쌤이 너무 바빠 보여서, 그래서 미루다 보니 오늘이 되었어요."

"내가 뭐가 바빠. 그리고 나는 너랑 합숙하는 과외 선생이야. 내게는 네가 무슨 말을 하든 받아 줄 의무가 있다고. 오히려 네가 일을 안 주면 나는 태업하는 근로자가 되는 거지."

"······돈 받았으니 의무이긴 하지만, 진심까지는 아니죠. 저는 그걸 쌤의 생각을 읽으면서 알게 되는 거고요."

아민은 움찔했다. 그러나 생각해 보니, 마음을 읽을 필요도 없이 누구라도 평균 이상의 공감 능력만 갖추고 있다면 충분히 과외생을 대하는 아민의 마음을 이해할 수 있을 거였다.

"어쨌든 쌤, 제가 옷을 좀 많이 샀어요. 꽃놀이 간다니까 신나서요. 너무 많아서 다 못 입어 볼 거 같아요. 쌤도 한번 입어 보세요. 원래 놀러 가서 사진으로 기억을 남기는 게 최고고, 사진 찍으려면 예쁜 옷이 최고니까요. 쌤, 누구랑 예쁜 사진 찍어 본 적 있으세요? 저는 없어요. 그래서 기대돼요. 처음 해 보는 거라."

남자애들끼리 무슨 예쁜 사진이야. 아민은 핀잔을 주려 했다. 그게 지금껏 다른 남자들의 모습을 통해 익히 배운 반응이기도 했다. 남자끼리는 그저 공을 차거나, 피시방에 가서 게임을 하거나, 서로 욕설을 주고받는 것이 전부였다. 초등학교와 중학교를 다닐 때 남자애들은 여자아이들을 훨씬 편하게 대하는 아민을 미워했다. 반대로 지금 같은 과 형들은 그 어떤 자리에건 여자 동기들을 끼워 넣으려고 안달이었다. 둘 다 아민에게는 이해할 수 없는 일들이었다.

그러나 남자애들끼리, 라고 말하려는 순간 왠지 입술이 떨어지지 않았다. 아민은 곧 깨달았다. 자신 역시 예쁜 사진을 찍어 보고 싶다는 것을. 처음 산 옷을 입고, 가장 자신 있는 모습으로 흐드러진 꽃잎 아래 서서 카메라를 향해 밝은 미소를 지어 보고 싶다는 것을. 그리고 조금 부끄럽더라도 그 미소를 감추지 않고 보여 줄 수 있는 대상이 자신에게는 많지 않다는 것을.

아니, 정확히는 엄마 말고는 떠오르지 않았다. 그런데 지금은 엄마마저도 너무나 불행하다. 병실에 누운 엄마에게 당신 아들이 태평히 꽃놀이를 할 것이오, 라고 보고할 수 없다는 사실을 소거하고 나면 그런 미소를 보여 줄 수 있는 사람은 한 명뿐이었다. 신유정.

"물론 옷이란 게 취향 탄다는 건 알아요. 아는데, 제가 그래도 센스가 없진 않거든요. 믿고 입어 보시라고요. 게다가 저 오버핏 좋아해서 쌤한테도 맞을걸요? 보시면 아시겠지만 저 다리 짧잖아요. 바지 사면 무조건 기장 줄여야 해요. 그러니까 쌤한테는 맞을 거예요."

아민은 옷 더미를 응시하면서 문득 어떤 미국 소설을 떠올렸다. 『위대한 개츠비』였나. 집에 있는 몇 안 되는 책 중 한 권이었다. 그 책을 펼치면 면지에 손 글씨가 적혀 있었다.

사랑하는 소정에게, 평생을 약속하며.

소정은 아민의 엄마다. 왜 사랑이 이루어지지도 않고 누군가가 자살하는 이야기로 평생을 약속하는 책을 정한 건지, 가난하게 살도록 버려두고 자취를 감출 거면서 왜 얼토당토않은 미국 부자 얘기가 가득한 책에 감정 이입을 한 건지. 무엇보다 엄마는 소설책을 좋아하지도 않는데 왜 멋 부리며 그런 선물을 한 건지. 아민은 글씨의 주인을 이해할 수 없었고, 그래서 증오했다.

물론 활자를 좋아하는 아민은 어릴 때 이미 그 책을 다 읽었다. 아민 자신의 개인사에 의거한 분노를 제외한다면, 기억에 남은 건 색색의 셔츠 더미에 얼굴을 묻은 채 "이렇게 아름다운 건 본 적이 없어요"라며 우는 데이지뿐이다. 작가가 그 장면을 통해 무슨 말을 하고 싶었는지 아민은 도통 알 수 없었으나, 자신 역시 아름다운 옷이 잔뜩 쌓여 있는 광경을 보면 감격할 것이라는 예상은 눈 감고도 가능했다.

……그런데, 유정 앞에서 그런 상상을 했던 적이 있던가? 설마 이것도 마음을 읽은 건가? 아민은 서둘러 과거를 되짚어 보았다. 갑자기 코가 시큰했다.

"뭐 입고 싶어요?"

유정이 물었다. 아민은 화를 내려고 했다. 내가 거지처럼 보여? 나를 동정해서 옷을 사 준 거지? 그렇게 소리를 지르려 했다.

그러나 말이 나오지 않았다. 다 입어 보고 싶었기 때문이었다. 정말로 데이지의 말마따나 "이렇게 아름다운 건 본 적이 없"었다. 그리고 그 아름다움은 대학 동기들이 과시하는 것처럼 로고나 브랜드에서 오는 것이 아니었다.

확실히, 유정은 미감을 타고났다. 그리고 아민은 자신에게도 똑같이 아름다움을 판별하는 눈이 있다는 사실을 옷 더미를 보고 처음 깨달았다. 그전에는 금욕적으로 참고 있던 것뿐이었다. 공부해야 하니까, 우리 집은 가난하니까, 엄마가 힘들어하니까 제 세상에 아예 들여놓지 않으려고 필사적으로 막았던 종류의 매혹.

"……어제저녁에 보여 줬어도 됐잖아. 택배가 지금 온 건 아닐 텐데, 왜 내내 가만히 있다가 이 꼭두새벽에 이러는 거야?"

아민이 묻자 유정은 대답했다.

"쌤은 생각이 많아서 언제 안 가겠다고 말을 바꿀지 모르거든요. 그치만 나는 꽃놀이를 너무나 가고 싶고. 그러니까 비몽사몽인 새벽에 일단 입혀 놓고 얼른 학교로 튀려고요. 말 바꾸면 안 돼요, 절대로. 참고로 저 학교에선 휴대폰 안 보거든요? 그러니까 쌤이 꽃놀이 안 가겠다고 카톡 보낸 다음 내빼도 저는 아무것도 모르고 망부석처럼 기다릴 거란 말이에요. 인간적으로 그건 좀 쓰레기다. 그렇죠? 그러니까 꼭 와야 돼요. 맞죠?"

*

 아민이 입은 유정의 새 옷에서는 좋은 향기가 났다. 아민은 연신 소매에 코를 묻으며 빠르게 걸었다. 오른손에는 묵직한 비닐봉지가 들려 있었다. 고소한 참기름 냄새가 진동했다. 김밥집에서 메뉴를 주문할 때 생각해 보니 유정과 김밥을 먹은 적이 한 번도 없어서, 취향을 몰랐다. 그래서 홧김에 종류별로 여섯 줄이나 사고 말았다. 한 입씩만 먹고 남긴다 해도 괜찮다고 생각했다. 돗자리는 학교 근처 다이소에서 구매했다.

 그게 유정의 '배려'에 자신이 응당 해야 할 응답이라고, 아민은 여겼다. 엄마와 살 때는 절대 음식을 남기면 안 됐지만, 자신에게 강제되었던 잣대로 유정을 평가하지 않는 것. 그게 자신이 유정에게 유일하게 해 줄 수 있는 일이 아닐까 생각했다.

 학교라는 장소로 향하는 길목에서 도살장에 끌려가는 소의 기분을 느끼지 않은 게 언제더라? 없던 것 같다. 심지어 자퇴서를 내던 날에도 손톱을 물어뜯으며 전전긍긍했으니까.

 자퇴서를 낸 아민에게 담임은 저주를 퍼부었다. 너 크게 잘못하는 거다, 남들 다 참고 버티는 그 몇 년조차 견디지 못하고 나가는 애를 누가 믿어 줄 거 같냐, 아무리 똑똑하다고 해도 절대 신뢰하지 않는다, 세상은 너를 부적응자로밖에 보지 않을 거다.

 그가 그런 폭언을 할 수 있었던 이유 중 하나는, 엄마가 학교에 항의 전화를 하지 못할 사람이기 때문이었겠지. 자신을 고깝게 여겼다는 것도 불 보듯 뻔했다.

아민이 그 저주를 뒤로하고 검정고시와 수능을 거쳐 대학에 합격했을 때, 학교의 다른 선생이 아민에게 전화해 축하의 말을 건네며 물었다. 학교 교문에 플래카드를 걸어도 되냐고. 저주를 퍼붓던 담임은 과연 아민이 대학에 당당히 붙었다는 사실을 알까?

아민의 곁을 남자애들 무리가 스쳐 지나갔다. 거센 욕설이 함께 들려왔다. 아민은 목을 움츠렸다. 무서웠다. 아직도.

유정은 어떤 무리에 속해 있을까. 유정은 지금껏 한 번도 아민에게 학교에 대해 말한 적이 없다. 아민 역시 묻지 않았었다.

교문에 다다랐다. 유정이 하교하려면 아직 삼십 분은 남았다. 카페에 가서 커피라도 마실까 했으나 돈이 아까웠다. 날씨가 좋아 밖에서 기다려도 아무 문제가 없을 듯했다.

아민은 우두커니 교문 근처에 서서 운동장을 구경하기로 했다. 트라우마를 이겨 내고 싶은 오기가 분명 그 기저에 있었다. 이제 학교라는 곳이 자신에게 어떤 해도 끼치지 못한다는 사실을 스스로에게 주지시키고 싶었다.

그러다 유정을 보았다.

마지막 교시가 체육인 걸까? 운동장의 유정은 처음 보는 남색 체육복 차림이었다. 역시나 사이즈가 풍덩해서 마치 옷이 유정을 집어삼킨 듯 보였다. 이렇게 멀리서, 아민을 의식하지 않는 유정의 모습을 머리끝부터 발끝까지 통째로 관찰하는 경험은 처음이었다.

그리고 호기심이 학교에 대한 아민의 공포를 천천히 잠재웠다. 예상대로 유정은 체육 시간에 활달한 학생은 아닌 듯 혼자 나무 아래 쭈그려 앉아 나뭇가지로 무언가를 그리고 있었지만, 그래도.

무얼 그리는 걸까? 아민은 당장 달려가 묻고 싶었다. 그림의 모습을 상상해 보았다.

상상은 누군가가 옆에 다가와 추궁하는 소리에 완전히 중단되었다. 학교 앞 초소에 앉아 있던 백발의 지킴이였다. 그는 껑충한 키의 아민을 보고서 싸움이라도 걸러 온 타 학교 학생이라고 판단한 모양이었다.

당황한 아민은 유정의 반과 담임 이름을 대며 자신은 학생의 과외 선생이라고 스스로를 변호했다. 그러자 지킴이는 확인해 보겠다며 담임에게 내선 전화를 걸었다.

*

"말씀 많이 들었습니다. 유정이 놈이 선생님을 워낙에 좋아한다고요. 학교로서는 정말 감사할 따름입니다."

1학년 부장이라는 유정의 담임은 아민을 깍듯하게 대했다. 그리고 그 예의가 자신이 뱉는 말의 잔혹함을 잘 포장해 주리라 여기는 것 같았다.

"유정이 부모님께서는 물론 너무나 나이스 하시죠. 아이를 어떻게 다뤄도 문제 삼지 않겠다고 말씀하시는 학부모가 요즘에 어디 있나요. 수업 시간에 살짝 지적만 해도 항의가 들어오는 세상에, 아이의 부족함을 잘 알고 계시니 말입니다. 그저 자유롭게 지도 편달을 부탁드린다는 말씀을 하시는 분들은, 정말이지 천연기념물이지요."

"부족함이요?"

"아무래도 마음이 아픈 아이이다 보니 피해망상이랄까, 그런 게 있잖아요? 사실 유정이 이놈, 작년에 입학했어요. 그때 정말 골치를 썩였죠. 나이도 많은 놈이 행패를 부리니 당시 담임 선생님이 어찌할 바를 몰랐어요. 결국 유급되어서 올해 다시 1학년이 되었는데, 어느 반에 넣느냐 가지고도 말이 엄청 많았어요. 결국 제가 부장이라 떠맡은 거죠. 그런데 애가 작년과 다르게 잠잠해졌어요, 갑자기. 기특해서 부모님께 한 번 말씀드렸더니 그러시는 거예요. 상주 과외 선생님을 뒀는데 애가 참 좋아하는 것 같더라고. 그래서 참 신통방통하다, 했는데 이렇게 뵙네요?"

아민은 두 손을 꼭 맞붙잡고 있다가 물었다.

"작년에는 어떤 말썽을 부렸는데요? 특정한 사건이 있었나요?"

"뭐, 많았죠. 무고한 애들을 학폭으로 신고하고, 이 반에 잠재적 범죄자가 수두룩하다고 울고불고, 수업 시간에 갑자기 죽겠다면서 창문에 올라가고……. 반 애들이 자기를 죽일 계획을 세우고 있으니 보호해 달라고 경찰을 부른 적도 있어요. 그게 아마 제일 큰 사건이었을 거예요. 지목된 애들이 억울해 미치려고 했죠. 신고를 했으니 조사는 해야 하니까 경찰관들이 걔들 휴대폰 다 봤거든요? 아무 얘기 없었어요. 일언반구도. 나도 민망스러워 죽을 지경이었죠. 그래도 유정이 부모님만은 분별력이 있으신 분들이라 얼마나 다행이었는지. 애가 우기면 거기 홀딱 넘어가서 길길이 날뛰는 학부모가 백 중 아흔아홉이에요. 근데 그 부모는 딱 사과하더라고. 다신 이런 일 없게 하겠다고. 그게 작년 이맘때였나?"

"이맘때면…… 겨우 학기 초였네요."

"그렇죠. 어찌어찌 1학기는 버텼는데, 그러고 결국 2학기는 내내 못 나와서 유급됐죠."

그럼 적어도 반년 동안이나 그 애들과 지옥 같은 시간을 보냈다는 건데. 유정이 주장하는 대로 그 애가 남의 생각을 읽을 수 있다면 더더욱 힘들었겠지.

"어쨌든, 그 유정이를 이렇게 얌전하게 만들다니 선생님은 정말 천상 교육자이십니다. 교육 경력 삼십 년인 제가 인정합니다, 예? 부디 과외 그만두지 말아 주십시오."

입에 발린 칭찬을 하며 일어서는 담임에게 아민이 다급하게 물었다.

"그러면 이제 종례 시간인가요?"

"아아, 아닙니다. 아직 체육 수업 중인데 오 분 있으면 끝나거든요. 올라와서 옷 갈아입고 나면 종례입니다. 저는 그 전에 담배 한 대 피우려고요."

그러더니 솥뚜껑만 한 손으로 아민의 어깨를 탁, 치며 말하는 것이었다.

"그런데요, 다음엔 꼭 미리 연락 주고 오세요, 아시겠죠? 학교 상담도 예약제로 운영을 해야지, 원. 대학을 그렇게 잘 갔으면 아실 거 다 아실 분이 왜 그러실까."

*

학교 밖으로 나왔을 때 운동장에 아무도 보이지 않아, 아민은 유정이 수업을 마치고 교실에 들어간 줄 알았다. 그런데 익숙한 수건이 강당 출입문 근처에 떨어져 있는 것이 보였다. 아민과 유정이 머무는 호텔 이름이 적힌 수건이었다.

아민은 강당 문을 아주 살짝 열어 보았다. 안은 어둠침침했다. 곰팡내가 물씬 났고, 높은 곳에 위치한 먼지투성이 창문을 통해 떨어지는 빛은 그다지 강하지 않았다.

그리고 수많은 운동화가 나무 바닥에 끌리며 내는 끽끽 소리와 함께 공 튀기는 소리가 났다.

공이, 하나가 아닌 것 같았다.

"야, 씨발, 피하라고! 초능력자라며, 독심술 한다며! 그럼 피해야 할 거 아니야? 왜 그렇게 못 하냐고, 이 미친놈아!"

아이들이 농구대 앞에 원을 지어 노는 중이었다.

아니, 아니다. 노는 게 아니었다. 처음에 아민은 유정을 발견하지 못했다. 그런데 그때 키 큰 아이 하나가 원 밖으로 튀어 나간 공을 잡기 위해 무리에서 빠져나왔다. 그제야 아민은 원 안에서 몸을 웅크리고 있는 외톨이를 볼 수 있었다.

공 하나가 날아가 유정의 작은 머리를 치고 지나갔다. 그다음엔 또 다른 공이 등을, 그다음엔 다른 공이 배를. 공을 든 아이는 하나가 아니었다.

"피하라고. 왜 안 피하냐고!"

우두머리인 듯한 아이가 소리를 질렀다.

"무시하냐? 아니면 안 아파서 그러냐? 그럼 농구공 말고 이걸로 맞을래?"

이번엔 작은 공이 날아갔다. 유정은 움찔했으나 자리를 옮기지는 않았다. 유정의 옆구리에 맞고 튕겨져 나온 공이 멈추고 나서야 아민은 그것이 야구공이라는 것을 알아보았다.

"너 정신병자 아니지? 있잖아, 너같이 그냥 약해 빠진 걸 정신병이라고 구라 치는 새끼를 보면 난 너무 화가 나. 우린 뭐, 정신병인 척 못 하는 줄 아냐? 양심적으로 버티는 거지, 새끼야. 근데 너는, 씨발, 정신병이랍시고 설치면서 기분을 더럽게 만들잖아. 진짜 정신병자면 병자답게 어디 갇혀 있어야 하는 거 아니냐?"

유정이 무얼 잘못했기에 저런 말을 들어야 하는 걸까? 근본적인 의문이 아민의 마음속에 피어올랐다. 대체 무슨 피해를 주었기에? 유정은 왜 피하지 않지? 어째서 자신이 응당 감내해야 할 상황이라는 듯이 무기력하게 구는 거지?

그때 학교 건물에서 우렁차게 종이 울렸다. 저 노래가 뭐였더라. 아민은 미간을 찌푸리며 익숙한 멜로디의 제목을 기억해 내려고 애썼다.

그러나 아이들은 미처 듣지 못한 듯 계속해서 공을 던져 댔다. 체육 선생은 대체 어딜 간 거지? 내가 개입해야 할까? 입이 바짝바짝 마르던 찰나, 어디선가 호루라기 소리가 들렸다.

아민은 깜짝 놀랐다. 지금껏 몰랐는데, 강당 한쪽 벽에 문이 하나 있었다. 그 문이 열리며 트레이닝복 차림의 젊은 남자가 나왔다. 그가 입에 물고 있던 호루라기를 내려놓았다.

"종 쳤으니까 이제 올라갑시다, 3반 여러분!"

남자가 박수를 짝짝 쳤다. 그러자 아이들이 삼삼오오 떼를 지어 강당을 빠져나갔다. 강당 문 뒤에 숨은 아민을 알아채지 못했는지, 아니면 신경도 쓰지 않은 건지.

아민은 아이들이 우르르 빠져나갈 때까지 기다렸다가 다시 문틈으로 안을 훔쳐보았다. 유정이 아직 거기 있었다. 호루라기를 입에 문 교사 앞에.

"오늘은 한 번도 안 피했어요. 오히려 일부러 더 맞으려고 갖다 댔어요."

유정의 말에 교사가 대답했다.

"부장 선생님께 말씀드릴게. 아휴, 선생님들이 다 유정이한테 얼마나 고마워하는지 아니? 저번엔 교감 선생님이 그러시더라고. 3반의 그 말썽쟁이들이 이렇게 얌전히 지낼 줄은 상상도 못 했다고. 그래서 내가 말씀드렸지. 좋은 친구를 사귀어서 그렇다, 그 에너지를 다 발산시켜 줄 친구를 만나서 그렇다고."

"그러니까, 제가 3반에 꼭 필요한 거죠?"

유정이 물었다. 문득 아민은 자신이 자퇴할 때 들었던 말들이 떠올랐다.

너 같은 놈이 얼마나 많은지, 네가 얼마나 보잘것없는지, 슬픔과 화는 얼마나 참고 견뎌야 하는 건지, 또 네 가치를 남들에게 인정받고 사랑받으려면 얼마나 복종해야 하는지 일갈하던 어른들의 말들.

"그렇지. 너 없으면 절대 안 돼, 유정아."

교사의 커다란 손이 유정의 작은 뒤통수를 쓰다듬었다. 아민은 그 손을 잘라 버리고 싶었다. 왜 다들 저렇게 손이 거대할까. 마치 뭔가를 움켜쥐기 위해, 혹은 누군가의 여린 목을 틀어쥐기 위해 태어난 사람들처럼.

유정과 교사가 강당을 나가 학교 건물로 들어간 뒤에도 아민은 강당 뒤 그늘에 혼자 서 있었다. 자신의 손을 내려다보면서.

키만큼이나 크지만 다른 사람들 것처럼 뼈마디가 굵고 두툼하지는 않은, 무언가를 쥐기보다는 날아오는 것을 간신히 막아 낼 정도밖에 안 되는 손. 겁에 질려 창백한 나머지 핏줄마저 비치는, 손거스러미가 새싹처럼 잔뜩 일어나 아우성치는 손. 이 손으로 누군가를 해할 미래는 도래하지 않을 거라고, 과거에도 역시 그런 적 없었을 거라고, 그렇게 믿고 싶었다.

그러나 돌이켜 보니 이 손으로 누군가의 뒤통수를 쓰다듬어 준 적도 없었다. 상처를 주며 동시에 머리를 쓰다듬는 손과 아무것도 못 한 채 허공에서 헤매는 무력한 손이 동시에 존재한다면, 나라도 전자를 더 신뢰하겠지.

그렇게 생각하니 비참해졌다.

아니, 독해지자. 아민은 곧 마음을 고쳐먹었다. 유정이 뭐가 대수라고. 그저 돈을 벌기 위해 얻은 일자리의 고용주일 뿐인데. 내 목숨줄을 틀어쥔, 더 힘 있는 손일 뿐인데. 내 존재를 껄끄러워하는 동기들처럼, 자신의 노력으로 취한 게 아니라 그저 타고났을 뿐인 자본력이나 부모의 무한한 투자력에 감사할 줄도 모르고 세상을 삐딱하게 보는 멍청이인데.

그런데 그렇게 모진 생각을 하는 와중에도 왜 자꾸만 손이 힘을 잃은 채 툭, 툭 바닥을 향해 낙하하려 드는지 모를 일이었다.

"쌤!"

유정이 교문을 나온 것은 한참 뒤의 일이었다. 종례를 마친 학생들이 우르르 교문을 빠져나가 한산해진 후였다.

유정은 새로 산 사복을 입고 있었다. 체육복과 달리 구겨지지도, 오염이 묻지도 않은 채 단정했다. 머리 모양과 얼굴도 옷과 마찬가지로 하얗게 반짝이고 있었다. 아민의 손이 띤 창백한 색조와는 다른, 봄날처럼 따뜻한 백색이었다.

"언제 오신 거예요?"

"방금. 얼마 안 됐어."

"다행이다. 남고 앞에 망부석처럼 서 있어 봤자 무슨 재미가 있겠어요. 애들 봤어요? 완전 칙칙하죠?"

유정이 킬킬 웃었다. 아민은 판단했다. 유정은 내가 학교 안에 있었단 걸 모르는구나. 생각을 읽지 못했구나. 아니면 애당초 생각을 읽는 능력이 없거나.

태연함을 가장했을 거라는 생각은 일부러 하지 않았다.

*

벚꽃길에 도착하자마자 예보에 없던 비가 억수같이 왔다. 백십칠 년 만에 내린 4월 폭우였다나. 물을 머금은 벚꽃잎들이 무너져 그대로 바닥에 주저앉았다. 꽃놀이를 온 사람들이 비명을 지르며 흩어졌다.

유정과 아민은 흠뻑 젖었다. 돗자리를 펼 새도, 아민이 사 온 김밥을 꺼낼 겨를도 없었다. 일회용 우산을 사려 했으나 이미 한강변 편의점에서도, 바가지 씌우는 노점에서도 품절이었다.

어찌할 바를 몰라 우왕좌왕하다가 지하철역에 들어가 비를 피했다. 그제야 숨을 고를 수 있었으나 호텔에 무사히 갈 수 있을지는 요원했다.

그리고, 유정이 앞머리를 축 늘어뜨린 채 풀 죽어 있었다.

"네 잘못이 아니야. 날씨잖아. 준비를 아무리 철저히 했더라도, 사람의 의지로는 어찌할 수 없는 자연의 일에 얽힌 것뿐인걸. 그러니 스스로를 탓할 이유는 하나도 없어. 물론 속상하겠지만 소풍은 언제든 나올 수 있고, 벚꽃잎도 다 떨어졌겠지만 꽃은 내년에도 피잖아."

"그게 속상해요. 이렇게 사소한 것도 제가 어떻게 할 수 없다는 게요. 저는 그저 꽃놀이 한 번 나오고 싶었을 뿐인데. 살면서 처음으로요. 그런데 겨우 그것마저 가로막혔는데, 탓할 대상도 없다는 게······."

평소의 아민이었다면 그런 말을 하는 유정을 보며 속으로 씁쓸해했을지 몰랐다. 진정한 비극을 알지 못하는, 유약하고 나이만 많은 풋내기라고.

그러나 이제는 그런 생각이 들지 않았다. 강당에서 공을 맞던 유정을 보았으므로. 그 모습 위에 자신의 경험을 겹쳐 볼 수 있었으므로.

아민은 손을 내밀어 유정의 손 위를 길게 덮은 티셔츠의 소매를 잡았다. 그러고는 유정이 공으로 세게 맞았던 등이나 어깨, 무엇보다도 뒤통수를 쓰다듬어 보고 싶다는 생각을 했다. 그게 유정에게 위안이 될 수 있다면.

하지만 마지막 순간, 또다시 그놈의 피해의식이 행동을 막았다. 저 아이보다 내가 더 불행한데 왜? 라는 생각이.

그때 유정의 배에서 우렁찬 꼬르륵 소리가 났다. 유정이 얼굴을 붉히며 배를 움켜쥐었다. 아민은 신기했다. 둘만 함께 있는 호텔방에서도 유정은, 유정의 몸은 항상 조용했으니까.

배고파? 하고 묻자 유정은 입을 꾸욱 다물며 고개를 끄덕였다.

"그래, 밥이나 먹으러 가자. 뭐 먹고 싶은 거 있어?"

그렇게 묻지 않았다면 얼마나 좋았을까.

"그, 쌤이 좋아하는 라면. 그거 먹어 보면 안 돼요? 제가 저번에 룸서비스 시켰을 때 쌤이 싫어했잖아요. 그런 라면을 먹고 싶었던 게 아니라고. 쌤이 평소에 먹던 거, 저도 먹어 보고 싶어요."

그 라면에 대해 유정에게 직접 이야기한 적이 없었다는 사실을 아민이 그때 깨달았더라면 얼마나 좋았을까. 너, 진짜로 내 생각을 읽었구나! 라고 딱 한 번만이라도 감탄해 줬다면. 그게 아니더라도, 그저 벚꽃길 근처의 아무 분식집에나 들어갔다면 얼마나 다행이었을까.

그러나 그 말을 들은 아민은 자신이 다니는 학교 근처의 라면집을 떠올렸다. 언제나 혼자 갔던 그곳에 유정과 갈 수 있다는 것, 유정에게 재미난 광경을 선사하고 싶다는 욕구. 그따위에 흥분해서 깊은 구덩이에 발을 집어넣고 말았다.

이것도 모든 일이 일어난 이후의 회한일 뿐이지만.

*

두 사람은 지하철을 타고 아민의 학교 근처 대학가에 내렸다. 해만 지면 사람이 들끓는 곳. 유정은 눈이 휘둥그레졌다. 자기 또래인 사람이 이렇게 많은 번화가는 처음 본다고 했다.

그러나 곧 그 안에 섞인 게 힘에 부치는지 숨을 몰아쉬기 시작했다. 너무 많은 생각이 머릿속으로 밀려들어 와요. 유정이 말했지만 아민은 유정의 손목을 잡고서는 계속 인파를 헤치며 걸어갔다.

아민의 단골집인 오래된 분식집의 사장 할머니는 아민을 손주처럼 예뻐했다. 자신이 이 학교 앞에서 사십 년간 장사하며 본 학생 중 아민의 인성이 최고라고 했다. 유치하게도 그 이야길 유정에게 들려주고 싶었다. 할머니가 유정을 칭찬하는 것 역시 듣고 싶었다.

대체 왜 그런 충동이 들었을까? 그 욕심이 없었다면 둘은 무사히 호텔방으로 돌아갈 수 있었을 텐데.

비가 다시 부슬부슬 내리기 시작했다. 그리고 분식집에 다다를 즈음, 아민의 뒤에서 누군가가 어깨를 턱 잡았다.

커다란 손이었다.

"야아, 우리랑은 한 번을 안 놀더니 이게 무슨 일이야? 이 시간에 여기서 성아민을 다 보고?"

그 손은 익숙하게 등을 타고 내려가더니 아민이 메고 있는 크로스 백을 잡아당겼다. 유정이 직접 골라 빌려준 가방이었다.

"야아, 멋 엄청 부렸네? 이 가방은 또 뭐야, 엉?"

아민은 몸을 비틀어 그 자리에서 벗어나고 싶었지만, 언제나 그랬듯 마음과는 반대로 행동했다. 뒤로 돌아 그 손의 주인과 그 일행에게 인사했다. 모두 아는 사람들이었다. 과 구성원들. 동기와 선배 들.

"그렇지 않아도 술 마시러 가고 있었는데 너를 딱 봤네? 근데 옆에 있는 친구는 누구야? 옛날 학교 친구? 아, 아니다, 자퇴했댔지. 그럼 뭔데?"

행인들이 자퇴라는 단어를 듣고 이쪽을 흘끗 쳐다보았다고 느꼈다면 피해망상일까? 대답할 말을 찾지 못하던 아민 대신 유정이 과외생이에요, 하고 대답했다.

"아아, 화제의 '그' 과외생!"

동기 하나가 끼어들었다.

"알죠, 알죠. 호텔 펜트하우스 숙박에 룸서비스 식사! 그 주인공이시구나. 아민이가 하도 많이 말해 가지고 저희도 알죠."

아민은 "하도 많이" 말한 적이 없다. 그저 그들의 잔학한 질문에 대답을 해 줬을 뿐.

"근데 스무 살이시라면서요?"

"……네. 쌤이 그런 얘기도 했나요? 호텔도 룸서비스도 제 나이도……."

"그럼요, 얼마나 자랑을 했는데. 부자 과외생이라고. 아주 봉을 잡은 거지."

아민은 자랑한 적이 없다.

"그럼 우리이, 친구잖아요. 같이 놀까? 술 마신 적 있어요? 고딩이니까 안 마셔 봤으려나?"

"……안 마셔 봤어요."

"스무 살이 되었는데 어떻게! 헛살았네. 아, 정말로 내가 아민이 대신 님 과외를 했어야 한다고요. 솔직히 나이도 어리고 경험도 없는 애잖아요, 성아민. 진짜 그냥 모범생 그 자체지. 열일곱 살밖에 안 된 거 알아요? 그래서 아는 게 하나도 없걸랑요. 구질구질해서는. 오티 때 노래방에 데려갔더니 노래 예약하는 법도 모르더라고. 노래방조차 간 적이 없는 천연기념물이었던 거지."

아민이 숨기던 나이까지 드러내며 실컷 떠들고 있는 동기는 오리엔테이션 때 학원에 다니거나 과외를 받은 적이 없다며 자랑스럽게 이야기하던 사람이었다. 가정 형편이 좋지 않아 학교에서만 공부했다고.

그러나 그는 곧 가난으로도, 사교육을 받지 않았다는 것으로도 아민을 이길 수 없다는 걸 알았다. 그리고 과 사람들이 그런 데 감흥을 느끼지 않는다는 것을 발견하자마자 바로 말을 바꾸었다.

아민은 그의 심리에 대해 자주 생각했고, 마침내 결론 내렸다. 그저 '독특'하고 싶었을 뿐이라고. 아민보다 독특하지 못한 그는 이제 누구보다 게걸스럽게 과의 문화를 흡수하고 있었다.

"비가 너무 와서 우린 그냥 술이나 마시러 가려고 하거든요? 같이 갈래요? 존나 재밌을 텐데. 딱 시험 끝날 때라 애들 다 머리 풀 걸요. 근데 아민이랑 이 시간에 뭐 하고 있었어요?"

"벚꽃 구경……."

폭소가 터졌다. 동기가 유정의 어깨에 팔을 올리더니 말했다. 우리 지금 이자카야 가는데, 거기 가면 안에 흐드러지게 이쁜 벚나무 조화 하나 있걸랑요? 거기서 사진 한 장 박고 술 마십시다. 어때요? 지금 비 맞은 생쥐 꼴 되는 것보단 낫잖아?

"성아민이랑 그런 거 하다간 성아민처럼 되기 딱 좋아요."

라고, 그 동기는 쐐기를 박았다.

"으음, 뭐랄까, 자발적인 듯 아닌 듯 애매하지만 어쨌든 왕따?"

그러고는 어어, 말이 잘못 나왔네, 하며 자기 입을 손가락으로 치는 시늉을 하는 것이었다. 모두가 그 꼴을 보고 웃었다.

아민은 그 말을 들은 유정이 진저리를 치며 자신에게 오리라고 생각했다. 그래서 팔을 뻗었다.

그리고, 유정이 그 손을 피하는 것을 보고 말았다. 유정은 아민의 얼굴이 아니라 땅바닥을 보며 중얼거렸다.

"저랑 같이…… 놀고 싶으세요?"

아아, 완전 좋지요! 동기가 외쳤고, 선배가 거들며 사람들을 불러들였다. 아민은 자연스레 밀려났다.

모여든 이들은 아민의 증언으로 익히 알고 있던 유정의 재력에, 패션 센스와 그가 걸친 옷가지의 브랜드 명에, 아이돌처럼 생긴 하얀 얼굴에 대해 계속 상찬을 얹어 댔다.

아민은 유정의 가는 손목을 잡았다. 내가 너를 책임져야 한다는, 아마도 그런 말들을, 사실은 기억도 안 나는 소리들을 지껄였으나 아무런 반응이 없었다. 오히려 유정은 아민의 얼굴을 똑바로 바라보며 말했다.

"먼저 들어가세요. 이 사람들이 저를 더 원하는 것 같아요. 적어도 쌤보다는요. 나를 한 번도 믿지 않았던 쌤, 계속해서 내 상처를 배부른 애의 투정으로 치부했던 쌤보다는 훨씬 더……."

"배부른 애의 투정". 아민은 그런 말을 유정에게 결코 한 적이 없었는데.

희준, 둘

"과외생이 죽으면, 기분이 어떤데요? 솔직히 살면서 지인 죽는 건 평생 쉬지 않고 볼 텐데, 겨우 과외생인데 뭐 그렇게 기억할 게 있나? 어차피 죽은 사람이잖아요. 사후 세계가 있는 것도 아니고 거기서 그냥 끝 아니에요? 생물학적으로 그렇잖아요."

희준은 아민의 속을 뒤집고 싶었다. 왠지 그러고 싶었다. 이 이상한 반감은 어디서 연유하는 걸까? 희준 자신도 이유를 알 수 없었다.

그러나 아민이 화를 내지 않고 그저 가만히 앉아만 있자 부아가 치밀었다. 아민은 심지어 반짓까지 하는 중이었다. 희준은 작은 SD 카드 같은 걸 만지작거리는 아민의 오른손을 잡아채 그걸 당장 부수어 버리고 싶었다. 학생 상담 시간에 담임이 감히 저런 식으로 무료함을 표출하다니?

물론 첫 상담이 아니긴 했다. 서른 번은 족히 넘었겠지. 입학 후 희준은 계속해서 아민을 쫓아다녔다. 새로운 친구들을 사귀려고 노력하지도 않고.

어차피 이 학교의 인간관계는 학부모들이 결정하는 거나 마찬가지다. 그래서 희준은 다른 교사들에게 총애를 받거나 튀어 보이려는 시도조차 하지 않았다. 게다가 '배정'된 친구들도 있었다. 희준이 노력하지 않아도 그 애들은 희준에게 열심히 치댔다. 희준의 부모가 대단한 사람들이기 때문이었다.

그러든지 말든지 희준은 아민을 선택했다. 쉬는 시간마다 교무실에 있는 아민을 찾아가 말을 걸었고, 일부러 속을 긁었으며, 사흘에 한 번씩은 개인 상담을 요청했다.

그러면서 생각했다. 자신의 부모가 그 비싼 학비를 지불했으니 이건 당연한 권리라고. 희준이가 담임 선생님을 너무 좋아하네, 라는 다른 교사들의 말에는 착한 척 미소를 지어 보였다.

막상 개인 상담 시간에는 할 말이 없으니 아무 얘기나 지껄여 댔다. 결국 지친 아민이 서서히 자기 이야기를 털어놓기를, 희준은 바랐다. 그러나 예전에 가르쳤던 과외생 이야기를 하리라고는 예상치 못했다.

그 과외생이 죽었다는 토로보다 중요한 것은 아민의 표정이었다. 죄책감과 그리움이 섞인 얼굴. 그게 희준을 기분 나쁘게 했다. 어쩌라는 거야. 나더러 애도라도 하라는 거야? 다른 제자를 부러

위하라고? 희준은 속으로 이를 갈며 이제는 눈 감고도 그릴 수 있는 아민의 얼굴에 시선을 집중했다.

흔치 않은 밝은 갈색 동공이다. 속눈썹이 대단히 촘촘한데, 그중 한 가닥이 빠져 광대 위에 머물러 있다. 꺼칠하고 어두운 다크서클은 도드라지게 튀어나온 눈썹 뼈와 쑥 들어간 눈 덕에 진한 눈 화장처럼 보인다. 눈길을 아주 조금 내리니 뺨 한가운데의 보조개가 눈에 들어왔다. 특이하게도 한쪽 뺨만 패여 있다.

"술 처먹고 건물 옥상에서 실족사했다고요? 그런 인간은 답 없는 네이버 뉴스 댓글에서도 생각 없다고 욕 먹어요, 쌤. 말 그대로 자기 팔자 스스로 꼰 게 뭐가 그렇게 슬퍼요? 게다가 부모가 과외비도 넉넉히 정산해 줬다면서요, 과외생이 죽었는데도. 책임도 안 물었다면서요. 그런 거 보면 부모까지 포기할 정도로 노답인 놈이었던 거잖아요. 죽는 게 낫다고 생각했던 거라니까요?"

일부러 심하게 말해도 아민은 마치 정신이 딴 데 있는 사람처럼 화 한 번 내지 않았다.

희준은 아민을 노려보았다. 그 부모는 돈이 얼마나 많았던 거지? 그러니까, 네 부모 정도는 아무것도 아니다, 이런 말을 하려고 했던 건가? 아니면 너보다 너 특별한 제사를 이미 만나 본 적이 있으니 착각하지 말라, 그런 뜻인가? 어느 쪽이든 마음에 안 드는 건 매한가지였다.

건진 게 있다면 집에 불이 났었다는 과거사 정도? 지금의 행색으로 미루어 짐작할 수 있는 것보다 훨씬 가난했다는 사실을 알게 된 것? 아마 이 학교의 누구도 담임의 이런 이야기까지는 모를 터였다. 그렇게 생각하니 기분이 아주 조금 풀렸다.

"쌤이 나한테 이런 얘기 했다고 집에 말하면 난리 날 텐데, 쌤 생각해서 비밀로 할게요."

"왜 난리가 나?"

"당연하죠. 기분 나쁘잖아요, 자기 제자가 죽은 얘길 하면. 나보고 너도 죽어라, 돈 많다고 깝치다 죽어라 염불하는 것도 아니고."

그 대답을 들은 아민이 한숨을 푹 쉬었다. 그러고는 말을 돌렸다. 오늘도 할 이야기 없이 그냥 온 거냐고. 자신은 퇴근 후 약속이 있어서 십 분 후에는 떠나야 한다고.

"무슨 약속이요? 지금 밤 아홉 시거든요, 쌤? 그리고 내일도 출근하셔야 하잖아요."

"그건 내가 알아서 해결할 일이지."

"이 시간에 만날 만한 게 애인 말고 더 있나? 쌤 애인 있어요? 그럼 같이 자고 내일 오는 건가? 아님 이 야밤에 벚꽃놀이라도 하러 가요? 오오, 괜찮네. 오늘은 비가 오진 않을 테니 누가 죽지도 않을 거예요, 그쵸?"

아민의 주먹이 SD 카드인지 뭔지를 세게 쥐는 걸 보고 희준은 더 신이 나서 말을 내뱉었다. 그 카드에 애인이랑 찍은 사진이라도 있나 봐요, 네? 그렇게 소중하게 꼭 붙들고 있는 거 보니까요.

언젠가는 그거 훔쳐서 안에 있는 파일 봐야지. 없어지면 제가 가져간 줄 알아요.

"아니, 이건 유정이 죽은 현장에서 나온 증거물이야. 그 어떤 종류의 기계에도 맞아 들어가지 않는 모양이라고 하더라고. 신도림에서도 용산에서도, 내가 수소문해 찾아간 모든 전문가가 그렇게 말했지. 처음 보는 형태라고. 일종의 기억 장치 같기는 한데, 뭔지는 도저히 모르겠다고……"

아민이 지친 눈을 하고 희준을 응시했다.

"이 카드가 무엇인지, 이 안에 뭐가 들어 있는지 네가 알아낼 수만 있다면, 훔쳐도 좋아. 이 카드는 내 자리 서랍장 가장 위쪽에 있단다. 언제나 말이야. 참고하렴."

그 새끼 머리가 수박처럼 팍 깨져서, 거기서 튀어나온 거란 말이에요? 희준은 벌떡 일어나며 고함을 질렀다. 그러나 아민은, 여전히 차분했다.

"경찰은 아마도 유정의 바지 주머니에 있던 게 떨어졌을 거라고 말하더구나. 어떤 칩인지는 끝까지 알아내지 못했어. 그래서인지 내가 경찰서에서 증언한 후에 이걸 훔치는 것도 모르는 척하더라. 사건 종결에 걸림돌이 되는 증거물은 인멸되는 게 낫기 때문이었겠지……. 나, 이제 퇴근해도 될까? 어떻게 생각해?"

열일곱, 여름: 아민과 성현

돈이 빠져나가는 속도는 밑 빠진 독이라는 표현만으로는 부족했다. 엄마는 나아지지 않았다. 돈이 더 필요했다.

필요했는데…… 잔고가 줄어드는 만큼 유정에 대한 기억도 마구 불어났다.

왜 그날 그렇게 보냈을까. 가지 말라고 해야 했는데. 내가 너를 책임져야 하니 절대로 내 옆을 벗어나선 안 된다고, 선생의 권위를 물로 보는 거냐고 차라리 화를 낼 걸 그랬지. 왜 마지막까지 너를 믿는다는 말을 한 번도 해 주지 않았을까. 오히려 전혀 믿지 않을 때 빈말로라도 해 줄 수 있었던 말이었는데. 어차피 하얀 거짓말을 한다고 해서 손해 볼 건 아무것도 없었는데.

그리고, 유정이 죽고 나서야 그 애의 말을 믿기 시작한 것도 너무나 죄스러운 일이 아니던가.

자려고 누우면 유정의 낮은 숨소리가 바로 옆에서 들리는 것만 같았다. 가끔 우두커니 서서 유정이 자는 모습을 보곤 했는데. 유정은 꿈을 꾸면서도 상대의 생각을 읽을 수 있었을까. 만약 그랬다면, 나는 어떤 모습으로 유정의 꿈속에 나타났을까.

궁금해도 이젠 물을 데가 없었다. 아민은 그 죄책감에 다신 그 누구도 가르치지 않겠다고 몇 번을 다짐했다.

그러나 여름 방학을 앞두고 노교수가 자신을 불렀을 때는 다짐을 철회할 수밖에 없었다. 학과 교수진 중 가장 나이가 많고 후학들에게 추앙받는 그는 자기 조카를 아민에게 맡기고 싶다고 했다. 조카는 아민처럼 보통의 교육 과정이 너무 느려 적응하지 못하는 영재이며, 유학을 보낼까 고민했으나 너무 어려 아직 한국에 머물고 있다고 했다.

"아민 군이랑 쌍둥이처럼 비슷한 케이스이잖나? 영재는 영재끼리 통하겠지. 나이가 적어서 부담도 없을 거야. 겨우 열두 살, 초등학교 5학년이니까."

아민은 제의를 받아들였다. 거절한다는 선택지를 상상할 수 없었기 때문이었다. 이 일을 누구에게도 말하지 않아야 한다는 것 역시 잘 알았다. 거의 1학년인 아민이 그 대단한 교수의 주목을 받고 있다는 사실을 알면 모두가 시기할 터였다.

그 모두는, 유정의 사망에 대한 경찰 조사에서 밝혀진 바로는, 만취한 유정을 책임지지도 않고 저들끼리 희희낙락 떠난 이들이었다. 혼자 남은 유정이 옥상에서 몸을 던진 일을 알면서도 아민에게 일언반구 하지 않는 사람들이었다.

게다가 노교수는 호텔에서 나와 다시 고시원 방이 필요해진 아민에게 지인이 운영하는 곳이라며 아주 저렴한 방을 소개해 준 전력이 있었다. 어쨌거나 아민은 신세를 갚아야 했다.

*

과외생의 이름은 주성현. 등교 거부를 한 지 반년이 넘었다고 했다. 날고 긴다 하는 과외 선생을 몇 번이고 수소문해 붙였음에도 아이가 만족하지 않았다고 부모는 설명했다.

"그 선생들에게 공감 능력이 없어서 저희 아이가 아주 큰 상처를 받았어요. 그래서 골머리를 앓다가 아이 큰아버지에게서 아민 선생님을 소개받은 거지요. 너무 좋아서 박수를 다 쳤어요. 저희 애도 선생님처럼 이 시기를 잘 통과하면 좋겠다는 소망이 있거든요. 사실 이놈의 한국 사회며 교육 제도가 얼마나 폭력적이고 끔찍한지…… 생각만 해도 아찔하잖아요? 우수한 애들을 얼마나 배척해요. 다들 열등감에 휩싸여서는. 그걸 이겨 낸 선생님은 저희 성현이의 롤 모델이 되어 주실 분이라고 확신해요."

어디까지 배웠나요? 어디서부터 가르치면 되나요? 아민의 물음에 부모는 활짝 웃으며 말했다. 수학, 과학은 고등학교 과정 다

끝냈어요. 과학고 내신 기출문제도 다 풀 수 있답니다. 그러니 문과 과목 위주, 국어랑 영어를 가르쳐 주시면 될 것 같아요. 아무래도 아이가 의대에 가려면 뭐든 다 잘해야 하니까요.

"꼭 의대가 아니어도 좋아요. 저희 그렇게 꽉 막힌 사람들 절대 아니거든요. 아이가 뭘 전공하고 싶어 하든 응원할 건데, 그전까지 이것저것 다 해 볼 기회를 주려고 하는 거지요. 혹시 알아요? 우리 성현이가 선생님 덕에 갑자기 국어에 흥미를 붙였다가 나중에 노벨 문학상이라도 탈지. 물론 한국 최초는 될 수 없어서 아쉽긴 하지만요."

아민은 성현의 방에 들어갔다. 한쪽 벽면에 빼곡하게 책이 들어차 있었다. 고동빛 원목으로 만든 광활한 책상이 방 한가운데에서 마치 이 방의 주인처럼 군림하고 있었고, 이부자리는 없었다. 침실이 따로 있나 보지? 이건 공부방이고. 아민은 그렇게 생각하며 성현의 맞은편에 앉았다.

"가만있자, 어디서부터 가르쳐 줘야 할지 레벨 테스트를 좀 해야 할 것 같은데. 괜찮겠니? 물론 어디까지 공부했는지 부모님께서 말씀해 주시긴 했지만, 그래도 쌤이 직접 봐야 진도를 더 세세하게 정할 수 있을 것 같아서."

아민이 말하자 성현은 하품을 하더니 아민을 쏘아보았다. 그러나 거부하지는 않았다. 그리고 레벨 테스트를 하고 난 후, 아민은 형언할 수 없는 의문과 기우에 휩싸였다.

*

"맞다, 애를 보니까 어떻던가, 아민 군? 좀 똑똑한가? 동생이 하도 아들 자랑을 하니 항상 궁금했거든."

수업이 끝나고 학생들이 아직 짐을 챙기지도 않았는데 노교수가 큰 소리로 질문을 했다. 아민은 수많은 시선이 자신의 얼굴에 고정되는 걸 느꼈다. 심지어 조교인 대학원생조차도 꾸벅꾸벅 졸던 걸 멈추고 신경을 곤두세우는 중이었다.

눈치 없는 교수는 학생들에게 광고하듯 실토했다. 어린 조카가 부적응형 영재라 같은 스타일인 아민에게 과외를 맡겼다고. 다른 여러분은 아무래도 아주 영재는 아니니까, 라고 말한 그는 껄껄 웃었다. 아민의 몸이 굳을 때까지.

사실 몸이 굳은 가장 큰 이유는, 학생들 혹은 조교의 시기심을 걱정해서가 아니었다.

성현은 영재가 아니었다.

성현은 레벨 테스트에서 50점을 넘지 못했다.

국어와 영어는 그렇다 치자. 하지만 수학도 그랬다. 분명 고3 범위까지 다 배웠다고 하지 않았나? 성현은 아민이 제시한 고1 과정 문제마저 풀지 못했다. 그야말로 엉망진창이었다. 어떤 개념도 제대로 정립되어 있지 않았다.

아민이 시험지에 붉은 빗금을 긋는 동안 성현은 변명도, 반항도 하지 않았다. 그저 두 손을 늘어뜨린 채 가만히 보고 있을 뿐이었다. 아민은 혼란스러운 마음으로 시험지를 주먹 안에 말아 쥐고, 거실에서 기다리고 있던 성현의 부모에게 향했다.

말하려 했다. 정말로 고3 수학까지 다 익혔다고 생각하시나요? 고1 과정도 소화하지 못하는데요? 정말로 아이를 영재라고 생각하시는 건가요? 라고 물으려 했다.

그러나 이 아이가 교수의 조카라는 것이 첫 번째 걸림돌이 되었다. 그리고 아민이 테스트의 결과를 논평하기도 전에 부모가 달려들어 먼저 뱉은 대사들이 두 번째 장애물이었다.

"잘 못 풀었죠? 아이가 원체 반항심이 많아서 괜히 능력을 감춰요. 고3 과정까지 다 떼었는데도 자꾸 중2병 행세를 하니 속이 타들어 가죠. 저희가 그래서 이토록 힘들게 선생님을 모신 거잖아요. 선생님은 그 마음 이해하실 거니까. 맞죠? 왜 반항을 하는지 아시잖아요. 다른 선생님들은 아이의 심리를 헤아리려 하지 않으시더라고요."

그제야 이 일자리를 물렀어야 한다는 자각이 생겼으나, 이미 늦어 버렸다. 결국 아민은 적어도 여름 방학 동안만큼은 성현을 담당하기로 했다. 일단은 돈이 필요하니 상단을 맞춰 주자, 라는 생각에서였다.

그리고 몇 번의 수업을 더 거치며 확실히 알게 되었다. 성현은 영재가 아니었다. 절대로. 자기 나이대에 맞는 시험을 본다면 상위권일 수는 있겠으나, 최상위권에 들 정도는 아니었다.

그러니까, 아이는 자신이 영재임을 오로지 반항과 무응답이라는 기묘한 방법을 통해 계속 증명하고 있는 셈이었다.

*

"쌤네 집, 진짜 가난해요? 그래서 과외하는 거예요? 우리 아빠가 그러던데."

성현의 질문에 아민은 순간 말문이 막혔다. 가난해서 자신을 가르치느냐는 물음이야 그저 아이다운 천진함에서 나온 실수일 거라 생각할 수 있지만, "아빠가 그러던데"라니. 그런 말을 성현의 부모에게 한 적은 없다.

성현은 아민의 반응을 살피지 않고 입을 삐쭉 내밀며 계속 말을 뱉었다.

"사실 짜증 나요."

"왜? 뭐가?"

"밥 먹을 때마다 맨날 쌤 얘기만 한다고요. 집이 가난한 데다가 뚝배기 설거지나 하는 엄마밖에 없으니까 죽어라 공부한 거 아니겠냐, 학원 한 번 못 다녔다는데도 어린 나이에 그 대학교를 간 게 얼마나 대단하냐, 성현이 너는 선생님 하는 걸 잘 보고 따라 해라, 너는 엄마 아빠가 지원도 팍팍 해 주니까 그 쌤보다 더 잘되어야 한다……. 지겨워, 아주. 다른 쌤들 있을 땐 그런 얘기 안 했거든요? 쌤이 오고 나서부터 그런다고요."

아이가 눈물이 그렁그렁한 채 팔짱을 끼었다. 자신의 경제 사정은 물론이거니와 편부모 가정이란 것, 엄마가 해장국집에서 뚝배기 설거지를 했다는 것 따위를 성현의 부모에게 이야기한 기억은 전혀 없는데. 어떻게 알게 되었을까.

결론은 뻔했다. 노교수에게서 흘러나온 정보겠지. 노교수는 아민을 자주 자기 연구실로 불러 향긋한 차를 내주었다. 다정한 말투로 아민의 상황을 꼬치꼬치 캐물었다. 아민은 그 다정함에 취해, 혹은 장학금이라도 주려나 기대하며 숨김없이 대답했다.

그러면 그는 항상 가난을 명분으로 삼아 아민을 칭찬했다. 듣고 있자면 기분이 이상했다. '가난하지 않은 성아민'이었다면 칭찬받지 못했을 것처럼 느껴져서.

아민의 생각을 성현이 다시 훅 끊었다. 저도 가난했으면 좋겠어요, 라는 말로.

"……왜?"

"가난하면 학원도 못 다니고 과외도 못 하겠죠? 그럼 공부 못해도 상관없는 거잖아요. 그냥 공사장 같은 데에서 일해도 숭간이잖아요. 망한 삶이 아니라고요. 근데 저는 나중에 쌤 다니는 대학교 가도, 그냥 본전이에요. 이미 기대하던 거니까. 그게 억울해요. 출발선이 다르다고요."

요새 초등학생이 참 무섭다는 이야기를 인터넷에서 볼 때마다 아민은 자신의 어릴 적 경험을 근거로 그 말에 이백 퍼센트 수긍했었다.

그런데, 성현의 말을 듣는 순간 깨달았다. 교육자로서의 자신은, 자기도 모르게 그 말이 거짓이기를 바라는 마음을 품고 있었음을. 자신이 가르치는 초등학생만큼은 천진한 백지 같기를 소망하고 있었음을.

그러나 지금 제 앞에 있는 이 아이는 전혀 그렇지 않았다. 아민은 자신이 분개하고 있다는 사실에 놀랐으나, 도저히 감정을 물릴 수 없었다.

"출발선이 다르다"고? 그건 저 애가 아니라 내가 항의할 때 써야 하는 문장이 아니던가?

대학에 입학한 후 처음 전공 수업을 들었을 때, 아민을 제외한 모두는 고등학교 교육 과정에 없는 용어를 자연스레 섞어 쓰는 교수의 말을 당연하다는 듯 받아들였다. 알고 보니 다들 전공에서 배우는 것을 선행하는 학원에 다녔다고 했다. 아민은 그 간극을 따라잡기 위해 무진 애를 썼으나, 가끔은 아예 불가능하게 느껴졌다.

그런데 뭐? 가난했으면 좋겠다고?

속에서 무언가가 꿈틀거렸다. 오랫동안 똬리를 틀고 있던 뱀이 기지개를 켠 듯. 그 뱀은 꾸물꾸물 기어 올라와 아민의 목구멍을 장악했다.

그동안 성현은 계속 지껄이고 있었다. 돈 많은 부모를 바란 적이 없다, 이런 집에서는 어떤 걸 이뤄도 인정받지 못할 것이다, 이런 분위기 속에서 내가 뭘 제대로 할 수 있겠느냐, 학교의 다른 애들은 너무 멍청해서 이런 생각조차 하지 못한다, 그래서 일부러 영재 아닌 척 오답만을 쓰면서 반항하는데도 부모는 듣질 않는다, 이런 사람들이 내 부모라는 게 정말 불운이다…….

"영재 아닌 척"이란 말이, 아민은 우스웠다. 너는 영재가 아니야. '불운'이라는 단어를 듣자 속을 게워 내고 싶었다. 당장 오늘의 잠자리를 걱정해 본 적이 없는 이에게 불운이란 어휘는 이토록 하찮은 용도로 사용될 수 있구나.

철없는 아이의 횡설수설을 다 들은 뱀이 마침내 아민의 입을 쩍 열고 튀어나왔다.

"네가 가난을 선택하면 되잖아?"

네? 성현이 반문했다. 아민은 대답했다.

"가출해."

"해 봤어요."

"얼마나? 하룻밤은 잤어? 설마 몇 시간 만에 집에 들어온 건 아니지?"

답이 없었다.

"그게 가출이야? 일시적으로가 아니라 영구적으로 나가야지.

그게 네가 가장 빨리 가난을 획득할 수 있는 방법이잖니. 일회성 이벤트가 아니라 절대 돌아오지 않는 진짜 가출이어야 네 말에 진정성이 있지. 안 그래?"

뱀이 혀를 날름거렸다. 그러고는 서서히 주머니에 있는 독을 뿜기 시작했다.

"할 수 있겠어? 못 할 거 같니? 못 하겠다면 넌 네가 한 말들을 다 부정해야 해. 그럴 수 있겠니? 그러고 싶니? 가난이 부럽다면, 그렇게 네 부족함을 변명하고 싶다면 네가 선택하면 돼. 네가 가진 걸 다 버리면 된다고. 근데 그러고 싶지 않지?"

겨우 초등학생을 향해 이렇게 말하다니. 아민은 자신이 볼썽사납다는 사실을 잘 알았다. 그러나 멈출 수 없었다.

이후에 무슨 일이 있었는지는 잘 기억나지 않는다. 정신을 차려 보니 과외 시간이 끝나 있었고, 대문을 나오기 전에 성현의 엄마가 자신의 손에 홍삼 엑기스 세트인지 뭔지를 쥐여 줬다는 것만 어렴풋했다. 성현은 그 뒤에서 바닥만 보고 있었다.

다음 날 밤 열 시경, 성현의 부모에게서 연락이 왔다. 아이가 사라졌다고. 아민은 당황했으나 아는 게 없어 해 줄 말도 적었다. 통화를 마치고 나서는 성현이 가출해 수업을 펑크 낸 만큼의 시급을 받지 못할 거라는 사실을 먼저 떠올렸다. 단기 아르바이트라도 해야 하나, 생각하며 아민은 전전긍긍했다.

그러나 자정 즈음이 되자 놀랍게도 성현에게서 문자가 왔다.

휴대폰으로 근처 아르바이트 자리를 애타게 찾고 있었던 덕분에 아민은 문자가 도착하자마자 읽을 수 있었다.

[쌤, 이번 주 숙제요, 쌤 사는 고시원 우편함에 넣었어요. 몇 호인지 몰라서 그냥 '성아민 님에게 전달해 주세요'라고 쓴 다음 넣었어요. 저는 약속 지켰어요. 가출도, 숙제도.]

아민은 곧바로 뛰쳐나갔다. 자기 방이 있는 3층에서부터 거의 구르다시피 낙하했다. 1층에 다다라 바깥으로 튀어나와서는 주변을 두리번거렸다. 성현은 쉽게 눈에 들어왔다. 헌 옷 수거함 뒤에 숨어 있었다. 아민이 나오기를 기다리고 있던 모양이었다.

"쌤 진짜 여기 사네요. 아빠가 구라 치는 줄 알았는데."

아민은 대답하지 않았다. 아이의 부은 눈도 못 본 척했다. 아이를 끌고 들어오다가 공동 우편함에 꽂힌 숙제 봉투를 낚아챘다. 자신이 숙제를 냈다는 것도 그제야 기억났다. 뭘 냈는지는 여전히 생각나지 않았다.

층계를 오르며 어떻게 내가 사는 곳을 알았느냐고 묻자, 성현은 그마저도 식사 자리에 언제나 올라왔던 화젯거리라고 대답했다. 고시원의 이름, 위치, 그곳의 창문 없는 방 한 칸을 얻기 위해 지불해야 하는 월세까지도 다 들어서 알고 있다고. 아민은 그것도 노교수에게만 이야기했었다.

성현이 덧붙였다. 우리 엄마 아빠에게는 선생님의 사정이 지루함을 쫓는 오락거리와도 같았다고. 선생님은 그들이 얼마나 한가한 사람들인지 모른다고.

자신이 속으로만 생각했던 그대로를 말하는 아이의 입술을 보며 아민은 유정을 떠올렸다. 쟤도 유정처럼 속내를 읽는 아이인 걸까, 라는 말도 안 되는 상상을 하면서. 유정은 믿어 주지 못했는데, 성현은 어떻게 대해야 할까.

그러다가 가출한 열두 살짜리가 몸 성히 자신의 앞에 섰다는 점에 안도하는 것이 무릇 사람 된 도리라는 사실을 뒤늦게 깨달았다.

"부모님께 전화드릴게. 이제 집에 가자."

아민이 말하자마자 성현은 몸부림을 쳤다.

"아뇨, 싫어요. 그러면 엄마 아빠한테 바로 이를 거예요. 쌤이 가출하라고 시켰다고."

"뭐?"

"틀린 말은 아니잖아요? 저 여기서 잘래요. 거절하면, 다 말할 거예요."

아민은 어쩔 수 없이 성현이 원하는 대로 고시원 방에 성현을 들였다. 성현은 요의를 오래 참은 듯 가방을 던져 놓자마자 공용 화장실로 향했다. 아민은 물때와 곰팡이투성이인 화장실을 보고 놀란 아이가 얼른 귀가를 결정하기를 바랐으나, 돌아온 성현은 낯빛이 조금 질렸을 뿐 아무렇지 않은 척했다.

성현이 화장실에 간 동안 아민은 시원찮게 나오던 에어컨을 아예 꺼 버렸다. 이 더위에 무슨 심술인지. 자신도 스스로를 이해할 수 없었다. 곧 둘의 이마에 땀이 송골송골 맺혔다.

성현은 허락을 구하지도 않고 휴대폰을 들어 방의 여기저기를 찰칵찰칵 찍어 댔다. 아민은 화를 내고 싶었으나 부모에게 알리겠다는 엄포가 떠올라 스스로 제동을 걸었다. 일자리를 잃는 것만이 문제가 아니었다. 자기를 높이 평가하고 고시원과 일자리까지 소개해 준 노교수의 귀에 이야기가 들어간다면 앞으로 자신은 대학에서 얼마나 큰 불이익을 받게 될 것인가.

"이 방이 신기하니?"

"이런 데 살면 쉽게 칭찬받잖아요."

내 속을 뒤집기 위해 발악하는 것 같은 열두 살짜리에게 화를 내면 나쁜 어른이겠지. 아민은 눈을 질끈 감았다. 상대는 아이다. 참아야 한다, 최대한. 참을 인 세 번이면 살인도 면한다고 했으니까, 라고 아주 오래된 경구를 떠올렸다.

아이폰 충전기를 찾는 성현에게 아민은 기종이 달라 미안해, 아이폰은 너무 비싸서, 라고 대답했다. 성현은 배터리가 다 떨어져 가는 휴대폰을 힐끗 보더니, 됐어요, 어차피 오늘 휴대폰 지겨울 만큼 했어요, 라고 체념하듯 응수했다.

"아, 그리고 우리 엄마 아빠요, 쪽팔려서 절대 제 휴대폰 위치

추적 같은 거 의뢰 못 할 사람들이거든요? 그러니까 걱정하지 마세요."

그러고는 손부채질을 했다. 아이에게서 진한 땀 냄새가 났다. 안온한 집에 사는 아이에게서는 한 번도 맡지 못했던 역한 체취였다. 성현은 손을 꼼지락거리며 몸을 오뚜기처럼 좌우로 흔들었다. 그때마다 쉰내가 풍겼다.

성현의 뱃속에서 천둥 치는 소리가 들린 것도 거의 동시였다. 그러나 성현은 그 소리를 해명하려는 마음이 없는 듯 보였다. 아민은 그 의사를 이백 퍼센트 존중해 줄 용의가 있었다. 가난함의 진정성을 감시하기 위해 여기 온 아이에게 끼니를 제공할 생각은 추호도 없었단 뜻이다. 그랬으나…….

"근데 아까 들어올 때 보니까 공용 부엌이 있던데. 거기서 밥 먹는 거예요? 구경하고 싶다."

참으로 영악한 아이였다. 아민은 대놓고 물었다.

배고프단 말도 못 해서 그렇게 물어보는 거야? 가면 어제 한 밥이랑 시어 빠진 김치 그리고 냄새만 강한 장국밖에 없어. 가난한 음식도 체험해 보고 싶은 거니?

그러자 성현이 눈을 동그랗게 뜨며 몹시 상처받은 얼굴을 했다.

"오늘 한 끼도 못 먹었어요. 그렇지만 가난한 쌤한테 밥 사 달라고 할 수는 없잖아요?"

*

아민은 캠퍼스에서 아무도 없을 시간대만을 노려 밥을 먹곤 했다. 안 그러면 예상 외의 지출이 잦아졌다. 친하지도 않으면서 왜 동기들은 자신을 볼 때마다 같이 밥 먹자, 아이스크림 먹자, 카페 가자 같은 말을 뱉는 걸까. 알 길이 없었다.

게다가 그들이 식사하는 꼴을 볼 때마다 엄마 생각이 났다. 누군가가 몸을 다쳐 가며 음식을 조리하고 식기를 씻고 자리를 청소한다는 것을 모르는 이들만이 그따위로 음식의 질에 대해 불평하거나 테이블에 질질 흘리며 먹을 수 있는 법이다.

고시원에서도 아민의 버릇은 이어졌다. 물론 고시원에서는 누구도 사치하지 않으며 누구도 불평을 토로하지 않는다. 아니, 말 자체를 입 밖으로 내지 않는다. 다들 이어폰을 끼고 휴대폰 화면에 시선을 고정한 채로 묵묵히 묵은 밥을 입속에 퍼넣는다. 가끔 공용 냉장고 속 개인 음식을 다른 사람이 몰래 먹었다는 이유로 드잡이가 벌어지고는 하지만, 그마저도 오래 가지는 않는다.

그럼에도 아민은 그저 모두가 함께 그 공간에서 무언가를 씹고 있다는 것 자체가 불편했다. 나는 사람이 생명을 영위하는 활동 자체에 불만을 품은 소극적 사이코패스인 걸까? 가끔 스스로를 돌아보기도 했다.

성현을 데리고 공용 부엌에 들어가니 얄궂게도 사람이 바글바

글했다. 평소엔 서로 눈길도 섞지 않던 이들이, 약속이라도 한 듯 너무 어려 이질적인 남자아이를 바라보았다. 자신에게 쏠리는 시선과 달라진 공기를 당연히 감지해야만 할 아이는 아무렇지 않은 척 굴며 밥과 김치만 가득 퍼 자리에 앉았다. 그 맞은편에 아민이 자리했다. 땀내는 된장 냄새에 가려져 더는 맡아지지 않았다.

반찬 투정을 하겠지. 아민은 예상했으나 성현은 작은 손으로 김치를 밥공기에 넣었다. 그러고는 숟가락으로 스테인리스 그릇 긁는 소리를 내며 큰 동작으로 둘을 섞고, 이어 세 번 연속 입에 음식을 퍼 넣었다. 누가 봐도 걸신들린 아이처럼.

아민은 자신의 방 서랍 속에 차곡차곡 쌓인 김과 라면을 떠올렸다. 그거라도 가져올 걸 그랬나 싶었다. 그러나 가난을 체험하고 싶다고 하지 않았던가?

"둘이 형제야?"

그때 한 중년 남자가 말을 걸었다. 아민이 뭐라 대답하기도 전에 성현이 선수를 쳤다.

"네."

"형제가 같이 여기 사는 거야? 한 방에?"

"네."

그러자 남자는 혀를 쯧쯧 찼다. 아민이 성현의 거짓말을 정정하려는데 다른 남자가 끼어들었다. 먼저 말을 붙인 남자와 비슷한 또래의 중년으로, 낡은 작업용 조끼 차림이었다.

"부모님은 어디 계시고?"

"아빠는 빚지고 집 나갔고, 엄마는 자살하셨어요."

"……몇 학년인데?"

"저는 초등학교 5학년이요. 근데 지금 방학이라 학교 안 가요. 형은 열일곱 살이고 학교는 안 다녀요. 알바해요."

쓱. 반찬 통 두어 개가 테이블 위에 놓였다. 소시지볶음과 무말랭이. 반찬 통의 주인은 멋쩍은 듯 눈길 한 번 안 주고 계속 제 몫의 맨밥을 씹는 중이었다. 이어 또 다른 반찬 통이 도착했다. 고시원의 중국산과는 다르게 잘 익은 남도식 젓갈 김치와 푸릇푸릇한 나물이었다. 그 후로도 연이어 반찬이 쌓였다.

밥을 다 먹어 갈 때쯤, 누군가가 바스락거리는 비닐봉지를 불쑥 내밀었다. 안에는 아이스크림 두 개가 들어 있었다.

"혹시 동생한테 학용품이 필요하지는 않니?"

어찌할 바를 모르는 아민에게 트레이닝복 차림의 여자가 묻기도 했다. 아민은 아무런 대답도 하지 못했다. 방에 돌아와서는 왜 거짓말을 했냐며 성현을 몰아세우려 했지만, 그마저도 불가능했다. 조금이라도 언성이 높아지면 옆방으로 가감 없이 소리가 넘어길 게 뻔했던 탓이었다.

아민은 성현을 매트리스 위에 눕혔다. 그러고는 성현의 뻔뻔한 얼굴을 보고 싶지 않아 무작정 밖으로 나왔는데, 담배 피우는 남자 무리와 딱 마주쳤다. 단백질 가득한 반찬 통을 나눠 주던 사람들이었다. 적게 봐 줘도 쉰은 족히 넘어 보이는. 그들이 아민을 손짓해 불렀다.

지금까지 고시원의 그 누구와도 아민은 말을 섞지 않아 왔다. 실은 특히 저런 남자들을 두려워했다. 희끗한 머리를 하고서는 단칸방조차 얻지 못해 고시원에서 살며, 흙 얼룩이 가득한 옷을 입고 불쾌한 냄새를 풍겨도 자각하지 못하는 이들. 그들의 존재를 확인하면 할수록 자신의 미래가 비슷한 위치로 예견되는 기분이라서, 일부러 못 본 척 투명 인간 취급을 해 왔다.

어쩌면 과 사람들이 자신을 미워하는 이유도 비슷할지 몰랐다. 대학 잘 가면 취직 잘한다는 신화, 위로 올라갈 수 있는 사다리가 견고해진다는 신화는 이미 오래전에 종결되었다는 사실을 아민은 대학에 와서야 알았다. 성적이 뛰어나도 '스펙'이 없으면 좋은 회사에 갈 수 없으며, 그런 기록을 쌓을 시간적, 경제적 여유는 부모 혹은 조부모의 재력에서 나왔다.

공부를 이어 가고 싶으면 상황은 더 심각해진다. 대학원 갈 돈을 어디서 얻는단 말인가? '어린 나이에 명문대에 들어간 영재'라는 타이틀은 하나도 쓸모없었다. 그러나 미리 알았다고 해도 딱히 다른 길을 택할 순 없었을 것이다. 아니, 택할 다른 길이 없었을 것이다. 아민은 그렇게 생각해 왔다.

그리고, 완전한 안전지대에 있지 않은 이들은 아민의 처지로까지 떨어지는 게 두려워 아민을 깎아내렸다. 유정을 꾀었던 바로 그 동기가 그랬듯……

"거, 애기 형. 아까 동생이 형 알바한다고 말할 때, 표정이 얼마나 서글펐는지 알아? 대체 어디서 일해?"

남자의 물음에 아민은 우물쭈물하다가 일자리가 많다고 알려진 대기업의 이름을 댔다. 그 기업과는 아무런 관계를 맺은 적이 없었으나, 그저 대기업이기 때문에 입에 올렸다. 대기업이라면 함께 일하는 협력자를 가련하게 만들 일은 없을 것 같았으니까.

그러나 아민의 대답을 들은 이들은 얼굴을 잔뜩 찌푸렸다. 그 기업은 최대한 피하라고, 젊음만 믿고 덤벼들다가 그대로 돌연사하는 수가 있다고 겁을 주었다.

그리고 곧 실제로 일해 본 이들의 참혹한 간증이 이어졌다. 말로만 들어도 대단히 끔찍한 사연들이었다. 그들이 말하는 사연 속 인물들은 너무나 쉬이 팔과 다리를 잃었다.

아민은 그 기업의 현실을 전혀 알지 못했기에, '기계'라는 생물들은 잘 돌아가기 위해 가끔씩 사람의 살과 뼈를 먹어 치워야 하는 모양이라고 생각했다.

"그니까 어떻게든 그 회사 쪽 일에서는 빨리 벗어나도록 해. 동생을 위힌다면 말이야. 형한테 뭔 일이 생기면, 동생에게는 남은 사람이 아무도 없잖아."

그들의 입가에 허옇게 침이 말라붙어 있었다. 술 냄새도 나는 것 같았다. 아민은 그저 고개를 끄덕일 뿐이었다. 자신과 통성명조차 하지 않은 모르는 남자들이 자신을 걱정해 주는 것이 이상했다. 껄끄럽지는 않았다. 다만 뭐랄까, 빚을 지는 느낌이었다. 그들의 우려를 꼭 덜어 줘야만 할 것 같은 기분.

그래서 자기도 모르게 말했다. 그래도 동생이 자신과 달리 공부를 아주 잘한다고. 학교에서 영재라고 불린다고. 어떻게든 명문 학교를 보내서 큰 사람이 되게 만들 거라고…….

"얼마나 영재길래?"

"……제 동생 자랑을 하는 거 같아 민망하지만요, 지금 열두 살인데, 고3 수학까지 다 떼었어요."

그러자 아저씨들이 우와아, 소리를 지르며 박수를 보냈다. 누군가는 역시 신이 그렇게 매정하지는 않다며 눈물을 닦는 척 눈곱을 훔치기도 했다. 잘 살아라, 잘 살아. 남자들은 그렇게 말하며 아민의 어깨를 두드렸다.

왜 그런 거짓말을 했을까? 바로 떠오른 이유는 어린아이가 거짓말을 해서 얻은 반찬을 함께 나눠 먹은 공범이 되는 것을 피하기 위해서였다. 하지만 그렇다고 하더라도 딱 한 번만 민망함을 무릅썼다면 오해를 바로잡을 수 있었을 터였다.

그러나 정정하지 못했다. 이유가 무엇이었을까?

좌우지간 이젠 성현을 멋대로 쫓아낼 도리조차 없게 되었다. 성현이 사라지면, 다들 동생은 어디 있느냐고 물을 테니까.

*

아민은, 방학이지만 교수가 자신을 부를 수도 있다고 생각했다. 조카가 가출했으니 그에게 이야기가 흘러 들어가지 않았을까. 그러나 연락은 오지 않았다. 성현의 부모에게서만 하루에 두세 번 정도 전화가 왔다.

하지만 아민은 그들에게 상냥하게 대답하면서도 성현의 거취는 여전히 모른 척했다. 자기 행방을 털어놓는 순간, 가출을 부추긴 혐의를 부모에게 다 일러바칠 거라는 성현의 협박이 여전히 유효했기 때문이었다.

열악한 환경에 익숙지 않은 아이가 금세 후회하고 백기를 들지 않을까 기대해 보기도 했다. 그런데 의외로 성현은 인내심이 상당한 아이였다. 더운 방도, 공동 화장실의 더러움도, 밥과 김치만 먹는 식사도 견뎌 냈다.

오히려 고시원 사람들과 친해져서는 일종의 '모두의 귀염둥이'가 되어 버렸다. 여자들과는 아이스크림을 먹으러 가고, 아저씨들과는 목욕탕도 다녀온 모양이었다. 심지어 성현 덕분에 다들 친해졌다. 흔적 없는 익명의 세입자로 남고 싶었던 아민으로서는 골치 아픈 일이 아닐 수 없었다.

사실, 그 상황보다 더 시급한 것은 생활비였다. 과외비가 끊겼으니 새로운 일자리를 찾아서 돈을 벌어야 했다. 방학이라 과방에도 과외 포스트잇이 붙지 않을 것 같아 과외 중개 사이트를 얼쩡거렸다. 하지만 주민 등록 번호를 입력하면 나이 때문에 선생님 계정으로 등록이 되지 않았다.

예전에 거절당한 햄버거 가게나 고깃집 아르바이트에도 다시 지원해 보았다. 그러나 역시 똑같았다. 순진한 마음으로 솔직하게 적은 이력서를 본 사장들은 헛웃음을 지었다. 나이 열일곱에 그 대학에 다녀? 그런데 왜 이 아르바이트를 해?

어떤 사장은 노골적으로 말하기도 했다.

"난 대학생 안 뽑아요. 들어오자마자 고졸들 개 무시해서 분위기 난장판 만들고, 일은 제대로 못하면서 자존심만 높아 손님들이랑 싸우거든요. 그런데 심지어 명문대 출신이셔요? 거, 솔직해지시죠. 그냥 자신이 특별한 인간이라는 이상한 병에 걸려서, 재미나고 특이한 경험 쌓으러 온 거라고 솔직히 말씀하시라고요. 그런 마음으로 와서는 열심히 일하는 우리 애들한테 분탕질이나 하다가 떠난 사람이 얼마나 많은 줄 알아요?"

그러고는 덧붙였다.

"나도 솔직히 말하죠. 이력서에 대학 이름 안 쓰면 충분히 붙여 줄 수 있거든요? 근데 그거, 숨길 생각 없죠? 자랑스러우니까. 거 봐. 그런 마인드로는 여기서 일 절대 못 해요."

정곡을 찔렸다. 자신이 획득한 유일한 성취를 스스로 부정할 수는 없었으니까.

그렇게 면접에서 면박만 당한 채로 방에 돌아가면 성현이 매트리스 위에 누워 쇼츠를 보거나 게임을 하고 있었다. 아이폰 충전기도 어떤 방의 여자에게서 얻었다는 모양이었다. 그 꼴을 보고 있노라면 부아가 치밀었다. 그러나 어찌할 수가 없었다, 도무지.

결국 거짓말한 대로 흘러가다니.

아민은 예의 그 대기업 물류 센터에 지원했다. 워낙 인력이 많이 필요한 자리라서 경력도 나이도 학력도 전혀 개의치 않는다고, 팔다리만 멀쩡하면 된다고 소문난 일자리였다.

정말이었다. 대학 이름까지 모두 적은 이력서를 구직 사이트에 업로드하자 반나절 만에 출근 안내 문자가 왔다. 통근 버스를 타는 곳도 고시원과 가까웠고, 심지어 버스가 서는 곳 중에 엄마의 병원도 있었다. 버스비를 많이 아낄 수 있을 터였다.

"주성현, 나 내일부터 일 나간다. 과외비 못 받아서 가는 거야. 어차피 넌 신경도 안 쓸 것 같지만."

아민이 말하자 성현은 입만 비쭉거릴 뿐이었다. 뭘 바라냐. 아민은 한숨을 쉬었다. 너에게 뭘 기대하겠어.

"너 잘 때 나가서 오후에나 들어올 거야. 그러니까 아침이랑 점심 다 너 혼자 먹어야 해. 알겠지? 굶지는 말고."

그러고는 잠시 고민하다 덧붙였다.

"……저기 맨 아래 서랍에 보면 라면 있거든? 혹시 입맛 없으면, 거기 있는 라면 끓여 먹어."

다음날 새벽 다섯 시. 여름임에도 여전히 어슴푸레한 시간, 아민은 통근 버스를 타기 위해 고시원을 나섰다. 야간 일을 하면 더 많이 벌 수 있을 테지만 미성년자는 밤 열 시부터 아침 여섯 시까지는 노동할 수 없단다.

그래서 어쩔 수 없이 주간 1조를 택했다. 여섯 시에 물류 센터에 도착한 후 오후 두 시에 일이 끝나는 스케줄이었다. 고시원에 돌아오면 네 시가 다 될 터였다. 식사 시간은 따로 없다고 했다. 아민은 괜찮다고, 그깟 끼니 때문에 한 시간을 더 묶여 있느니 차라리 빨리 퇴근하는 게 낫다고 생각했다.

아침도 점심도 거르는 셈이었지만, 어차피 너무 더워 식욕도 한껏 떨어진 마당이었다. 버스 줄을 선 채 편의점에서 급하게 산 초코바를 뜯어 입에 넣었다. 여름에는 초코바가 죄다 원 플러스 원이다. 팔리지 않으니까. 그래서 샀는데, 곧 후회했다. 달큰하고 맛없는 준초콜릿이 녹아서 손에 질척하게 들러붙었다.

버스를 기다리는 사람들은 각양각색이었다. 몸집도, 성별도, 옷차림과 나이도. 아민 또래로 보이는 남자애들이 무리를 지어 떠들고 있었으나, "씨벌, 애새끼들 소풍 왔나……"라고 문신투성이의 거구가 욕설을 뱉자 잠잠해졌다. 그리고 모두 버스에 올라 한 시간 동안 죽은 듯 잠을 잤다.

물류 센터에 도착해서는 안전 교육을 받았다. 아니, 실은 안전

교육을 받았다는 확인서에 도장만 찍었다. 어차피 일하면서 배우는 게 훨씬 빠르다고 인솔자는 말했다. 그러고는 바로 라인에 배치되었다.

남자 중에서도 키가 껑충한 사람을 빠르게 살폈는지, 인솔자는 아민을 한 컨베이어 벨트 앞에 위치시켰다. 트럭에 실린 짐을 위에서부터 내려서 컨베이어 벨트에 올리면 돼. 간단하지? 그렇게 말한 후 그는 떠났다. 업무 교육은 그게 끝이었다.

곧바로 트럭이 도착하고, 문이 열렸다. 아민은 테트리스처럼 짐칸 안에 꽉 채워진 상자를 올려다보았다.

처음 내릴 것으로 택한 상자는 허리에 힘을 잔뜩 주어도 꿈쩍하지 않았다. 뭐 하느라 꾸물대느냐는 고함이 옆 작업자에게서 바로 터져 나왔다. 간신히 상자를 내리고서는 겉에 붙은 송장에 적힌 품목을 확인해 보았다. 쌀이었다.

이후로는 송장을 읽을 시간조차 없었다. 어떻게 시간이 갔는지 기억이 나지 않았다. 일이 끝나고 장갑을 벗어 보니 손톱 아래에 시커멓게 멍이 들어 있었다.

그럼에도 아민은 돌아오는 버스 안에서 내일 또 오겠다고 생각했다.

이유는 간단했다. 그 누구도 아민에게 질문하지 않았으니까. 노동의 무게에 짓눌려 여유가 없는 탓이었다. 라인 앞에서는 밀려드는 상자의 속도에 압도되어 대화는커녕 상대의 얼굴조차 보지 못했고, 오가는 통근 버스에서는 다들 자느라 정신이 없었다. 출근길에 떠들다 욕을 먹은 또래 남자애들은 중간에 탈주했다. 그래서 아민은 안심할 수 있었다. 그래, 몸은 고단하지만 마음만은 편안했다.

일을 마치자마자 입금되는 일당은 과외비에 비하면 푼돈이었지만, 지금의 아민은 그저 감사할 따름이었다. 게다가 센터에 가득 쌓인 상자들이 가출할 일은 없으니까. 그 상자들에겐 기분이나 충동이란 게 없으니까. 자신이 상자의 비위를 맞춰 줘야 할 필요 역시 없으니까. 그래서 며칠을 연달아 출근했다.

여유가 조금이라도 있었다면 버스에서 내려 고시원으로 돌아오는 길에 성현에 대한 생각을 해 보았을 것이다. 이렇게 계속 내버려둬야 할지, 아이는 무슨 생각을 하는 건지, 부모에게 계속 행방을 숨기는 게 맞는 것인지에 대해서.

그러나 새벽 다섯 시의 출근길은 덜 깬 잠 탓에 흐릿했고, 오후 두 시의 퇴근길에서는 당장의 근육통이 먼저였다.

방에 돌아오면 아민은 성현에게 눈길도 주지 못한 채 깊은 잠을 잤다. 아이는 보란 듯 매트리스 위에 있었으나, 내려오라는 성화를 할 힘조차 없어 그냥 맨바닥에 웅크리고 잤다. 어차피 날씨가 워낙 무더웠기에 바닥이 더 시원하기도 했다.

그렇게 나흘을 내리 일하고는 결국 골병이 났다. 평소 일어나던 시간을 십 분 정도 넘겼을까. 혼곤한 꿈을 꾸던 아민은 누군가가 자신을 마구 흔들어 깨우자 놀라 눈을 퍼뜩 떴다. 일어나요. 오늘은 출근 안 해요? 성현이 눈을 말똥말똥 뜬 채 아민의 팔에 매달려 있었다.

아민은 일어서려 했다. 그러자 허리에 번개 같은 통증이 일었다. 저절로 우욱, 하는 비명이 터졌다. 성현이 놀라서 뒤로 물러섰다. 아민은 휴대폰을 찾았다. 겨우 일 미터 떨어져 있는데도 거기까지 팔을 뻗을 수 없었다. 결국 성현이 가져다 주었다.

아민은 결근을 신고하고 싶었으나 누구에게 전화해야 하는지 모른다는 사실을 깨달았다. 그 누구의 이름도 번호도 알지 못했으니까. 그래서 그 쇼핑몰의 24시간 고객 센터에 전화를 걸어 자신과 달리 출근에 성공한 콜센터 직원에게 결근을 알렸다. 직원의 말투는 끝까지 상냥했다. 심지어 쾌유도 빌어 주었다.

통화를 마친 아민은 다시 축 늘어졌다. 성현이 왜 일어났을까? 알람도 맞추지 않았는데. 방음이 전혀 되지 않는 고시원은 모두가 알람 없이도 제때 기상하는 초능력을 금세 갖추게 되는 곳이다. 인간의 능력은, 한계를 마주했을 땐 그 정도로까지 뻗어 갈 수 있다. 그런데 성현은 아닐 텐데, 왜?

이민은 요의가 일어 다시 몸을 움직이려고 했으나 불가능했다. 이 정도의 통증은 처음이었다. 상체와 하체를 자신이 연결하고 있으며, 자기 협조 없이는 상하체가 그 어떤 기능도 하지 못할 것이라는 선언을 허리가 바락바락 소리치는 것 같았다.

"오늘은 출근 안 하는 거예요? 아파서요?"

옆에서 성현이 코를 후비며 묻더니 덧붙였다. 겨우 그거 일했다고 그래요? 다른 아저씨들은 맨날 일하고도 술도 마시고 장도 보고 저랑 놀아 주기도 하는데. 쌤은 뭐 이렇게 약해 빠졌어요?

"……놀아 줬다고?"

"네, 오락실도 가고 영화도 보고, 공원에는 거의 맨날 갔는데요."

"공원이 어딨어?"

"여기서 오 분만 걸어가면 있던데요?"

"영화는 뭘 봤는데?"

성현이 제목을 말했다. 디즈니 애니메이션이었다. 아민은 한 번도 볼 생각을 하지 않은.

그걸 같이 봤다고? 아저씨들이랑? 하고 묻자 성현은 고개를 끄덕였다. 심지어 아저씨들이 펑펑 울었다나.

"근데 진짜로 허리가 아픈 거예요? 힘들어서 출근하기 싫은 게 아니고?"

조금이라도 감동을 받으려고 하면 곧바로 속 뒤집히는 말을 던지는 건 여전했다.

아민은 성현이 어느 방의 아저씨에게서 얻어 온 파스를 허리에 붙였다. 정확히는 성현이 붙여 주었지만. 그러고도 한참을 끙끙 앓다가 점심때가 한참 지나서야 간신히 거동을 시작했다. 화장실에 가서 시원하게 볼일을 본 후—성현에게 기저귀 심부름을 시키는 신세가 될까 봐 얼마나 전전긍긍했던지!—엉거주춤 공용 부엌으로 향했다. 자신도 성현도 내내 쫄쫄 굶었기 때문이었다.

성현은 익숙하게 밥과 김치를 그릇에 퍼 담더니 공용 냉장고를 열어 커다란 플라스틱 통 하나를 가져왔다. 놀랍게도 그 위에는 '주성현'이라고 쓰여 있었다. 뚜껑을 열자 갖가지 마른반찬이 서로 섞이지 않도록 띄엄띄엄 놓여 있는 꼴이 드러났다. 모두 얻은 거라고 했다.

"통은 누구 건데?"

성현이 이름을 말했으나, 그게 누군지 아민은 알 턱이 없었다.

둘은 천천히 밥을 먹었다. 그동안 몇몇이 부엌에 와서는 성현에게 아는 척을 했다. 성현은 그들의 이름을 정확히 불러 주었을 뿐 아니라 그들이 출근하는 시간까지 세세히 기억하고 있었다.

출근 아직 한참 남았는데 벌써 식사하세요? 아저씨, 속도 아프시다면서 왜 또 불닭을 드세요. 아, 맞다! 보름이 누나가 냉장고에 장조림 넣어 놨는데 다 같이 드셔도 된대요. 나한테 시키지 말고 직접 말하라고 했다가 누나한테 맞았어요. 부끄러운가 봐요.

성현이 그런 얘기들을 툭툭 던지자 모두가 주름진 반면에 미소를 지으며 그 말에 반응했다. 그러고는 하나같이 덧붙이는 것이었다. 오늘은 형이 쉬는 날이구나? 라고.

"네, 형이 쉬어서 너무 좋아요."

"그럼 어디 놀러 나가나?"

"형이 허리가 너무 아파서 못 갈 거 같아요."

"어이구, 저런. 왜 갑자기 허리가 아프대? 나이도 어리면서."

"일을 나갔다가 다쳤대요. J물류에 갔었거든요."

"J물류에 갔다고? 거 참, 왜 그랬냐. 거기 가지 말라고 얘기했던 것 같은데."

왜 그랬겠어요. 나이도 어리고 경력도 없는데다가 이른바 '오버 스펙'인 나를 써 주는 곳은 거기뿐이니까 그렇지요. 아민은 울컥했으나 성현의 대답이 아민의 입을 막았다.

"저 때문이죠, 뭐. 저 먹여 살리려고요. 어쨌든, 그래서 오늘은 형이랑 하루 종일 방에서 놀아야 돼요."

"어이쿠, 그럼 사공이는 어떡해? 친구를 잃어서."

사공이가 누구지? 또 아민이 모르는 사람이었다.

"사공 형이랑 우리 형이랑 셋이 같이 놀면 되죠!"

"사공이가 받아들여 줄까 모르겠네."

"가 보죠, 뭐."

*

'사공'은 고시원에서 가장 비싼 특실에 거주하는 마흔 살짜리 고시생으로, 이름이 아니라 성이 사공이었다. 아민은 그의 외자 이름을 들었으나 금방 잊었다. 뭐, 성이 한국에서 가장 희귀한 성씨 중 하나라서 이름을 기억할 필요조차 없이 그저 '사공'으로 만사형통이라나. 이 고시원의 터줏대감이라는데 아민은 그마저도 알지 못했다. 지금까지는.

그런데 말이 터줏대감이지, 실상은 히키코모리였다. 십 년간 고시원 건물에서 나간 적이 없는 사람이란다.

성현이 사공의 방문을 노크했다. 문을 연 사공은 아민을 보고는 움찔했으나,

"성현이네 형이시군요……."

하고 먼저 알은체를 했다. 그리고 그 방에 들어간 아민은 입을 떡 벌릴 수밖에 없었다.

특실의 호화로움에 놀란 게 아니었다. 고시원에 들어올 때부터 특실에 뭐가 있는지 안내를 받았으니까. 빛이 들어오는 너른 통창, 킹 사이즈 침대, 빌트인 냉장고와 드럼 세탁기, 공간을 더 넓게 쓸 수 있는 복층 구조까지. 아민이 놀란 이유는 그 모든 우월한 옵션을 완전히 무의미하게 만드는 사공의 공간 활용에 있었다. 아니, '활용'이랄 것도 없었다. 그러니까 사공의 방은…….

"허리가 아프시다고 들었는데 어쩌죠, 서 계실 수밖에 없어서."

"아, 아니에요, 서 있는 게 가장 편합니다……."

이런 증세를 가진 사람을 다룬 유튜브 쇼츠를 언젠가 설핏 본 적이 있는 듯도 했다. 저장 강박증이라고 부르던가? 하지만 '쓰레

기 집' 같지는 않았다. 모든 것이 위태롭게 탑을 이루고 있었으나 그 위에는 먼지 한 톨 쌓여 있지 않았다. 이제 보니 사공의 손에 마른걸레가 쥐어져 있었다.

성현은 아민이 없을 때마다 이 방에 와서 시간을 보냈다고 했다. 하루 종일 만화책을 읽었다나. 마치 화석을 발굴하는 고고학자의 기분으로 사공의 취향을 탐구했던 것 같다.

십 년간 이 방에 머물며 만화책을 내내 쌓아 놓기만 했던 사공은 자신의 영역을 침범한 어린아이를 놀랍고도 기쁜 마음으로 받아들인 모양이었다. 어쩌면 자신의 토굴에 누군가가 들어와 둘러봐 주기를 내내 바랐던 건지도 모른다고, 사공은 말했다. 이렇게 정돈된 언어로 말한 건 아니었지만.

마흔 살 고시생, 부모 돈 태우는 불효 인생, 부끄러운 아들, 히키코모리, 무능력한 패배자…… 그런 자신의 처지를 신경 쓰지 않는 누군가를, 자신은 기다렸던 것이라고. 기대하지 않았던 모습으로 꾸역꾸역 살아야 하는 슬픈 어른이 눈물을 잠시 멈출 때까지 인내심을 갖고 지켜봐 준 그 누군가가 바로 성현이라고 했다.

문득 아민은 성현이 사공에게서 성현 자신의 미래를 본 것은 아닐지 생각하다가 조금 놀랐다. 만약 자신이었다면 그 미래로부터 있는 힘껏 도망쳤을 것 같았기 때문이었다. 고시원 남자들을 두려워하고 피하는 것처럼. 그러나 성현은 사공의 모습에서 일종의 공감을 얻는 것 같았다.

성현은 마치 자기 집인 양 편안하게 틈을 비집고 앉아서는 두 다리를 세워 모은 다음 두꺼운 하드커버 책을 펼쳤다. 싱크대 즈음에 아민이 쭈뼛대며 서자 사공이 그 옆에서 속닥거렸다.

"성현이가 참 똑똑해요."

"……애 듣는 데에서 그런 말씀하시면 애가 기고만장해져요."

"잘 모르시네요. 저도 그랬지만, 역시 가족이 서로에게 가장 무지한 것 같아요."

"네?"

"성현이는 뭔가에 집중하면 아무것도 듣지를 못해요. 우리가 지금 떠드는 것도 쟤 귀엔 하나도 안 들어올 거예요. 저 책, 쟤가 제일 좋아하는 거거든요. 저거 읽을 땐 저 애의 눈과 뇌를 뺀 모든 감각이 차단되어 있어요. 오롯이 내용에만 집중하는 거죠. 게다가 저 애, 독해력이 어마어마해요. 책 읽기에 타고난 아이 같아."

당신의 호감을 얻기 위해 그러는 척하는 거겠지요, 저 영악한 아이가. 아민은 그렇게 생각했으나 그렇군요, 하며 고개를 억지로 끄덕거렸다. 사공이 말을 이었다.

"그래서 성현이를 볼 때마다 미안했어요. 사실 저는…… 이 고시원 사람들이 소문으로 모두 알고 있는 사실이니 가감 없이 말씀드리자면, 잘살아요. 잘사는 집 아들이고…… 제 능력으로는 도저히 올라갈 수 없는 자리를 원하는 부모님 때문에 내내 이렇게 살고 있죠. 그런데 성현이는 참 똑똑한데도 자기 하고 싶은 걸 못

하니까. 가난…… 섣불리 이렇게 말해 미안합니다. 가난 때문에."

사공이 지금 무언가 똑똑히 잘못 생각하고 있다는 것을 아민은 깨달았다. 그러나 어떻게 정정해야 할지 몰랐다. 사공은 계속 이야기를 이어 나갔다.

"저는 성현이 형 되시는 분께서 성현이가 얼마나 대단한 아이인지 알아주셨으면 해요. 아마 형님은 공부 말고 다른 쪽 일을 하시는 분이라 성현이의 진가를 모르실 수도 있지만, 아까 말씀드렸듯, 가족이 서로에게 가장 무지할 가능성이 높으니……. 제가 보장하죠. 성현이는 정말 특별해요. 형님의 모든 수고와 헌신에, 나중에 정말 제대로 보답할 거예요. 아주 큰 인물이 되어서요."

그러더니 덧붙였다.

"제가 오버한다고 생각하시죠? 걱정 마세요. 성현이는 하나도 듣지 못했거든요. 자기를 칭찬하는 말에 귀가 쫑긋 서지 않는 거, 그것도 엄청난 재능이란 거 아세요? 성현이는 모든 서사를 갖춘 아이예요. 가난하고 총명한데 겸손하기까지. 저는 그중 어떤 것도 갖지 못했고요."

넌 그런 방식으로 사기를 치는구나. 네 부모에게도, 네 미래의 비극적 버전과도 같은 사공에게도.

아민은 충동적으로 물었다. 성현이가 정확히 어떤 분야에 출중한가요? 저는 멍청해서 잘 모르거든요. 그러고는 답변을 예상해 보았다. 성현의 부모가 자랑했던 수학이나 과학…… 아니다, 어쩌며 사회 쪽이지도 모른다. 고시생인 사공이 열광한다면.

그러나 사공은 이렇게 대답했다.

"선생님, 성현이는 모든 분야에서 출중해요. 그렇지만 그중에서도요, '셰에라자드'입니다."

"셰에라자드요?"

엄마와 함께 잘 살기 위해 좋은 대학에 가기 위한 공부만을 했던 아민은 그게 뭔지 몰랐다.

"네, 이야기꾼이라는 것이죠. 어떤 비루하고 흔한 인생도 소설 같은 이야기로 만들어 줄 수 있는 아이입니다. 아이가 말해 주는 내 이야기를 듣다 보면 정말 시간 가는 줄 모르겠다니까요. 눈물이 펑펑 났어요. 정말로요. 그리고 그때 공용 욕실에서 울었는데, 아저씨들이 잔뜩 와서 위로를 해 주시더라고요. 펜트하우스 사는 애라고 인사 한 번 안 해 주시던 분들이. 들어 보니 그 아저씨들도 전부 성현이 팬이 되셨던데요. 다들 성현이에게 속을 털어놓고서 위안을 얻었답니다."

아민은 성현 쪽을 바라보았다. 이 모든 대화가 저 아이의 귀에 들어가지 않는다고? 말도 안 되는 이야기였다. 하다못해 식사 자리에서 이야깃거리로 나온 아민의 과거사마저 모두 기억하는 열두 살짜리가 아닌가. 그런데 아이는 그저 책만을 골똘히 들여다보고 있었다.

성현과 함께 사공의 방을 나올 때까지, 아민은 최대한 자신의 속마음을 내색하지 않았다. 생각에 골몰하다 보니 자기도 모르는 새 허리 통증이 씻은 듯 나았다는 사실은 바닥에 누워서야 깨달았다.

그리고 성현이 그 밤 처음으로 별안간 말했다. 쌤, 매트리스에서 자요. 오늘만큼은 내가 바닥에서 잘게요.

아민은 매정하다 싶을 정도로 곧바로 매트리스에 올랐다. 성현은 얇은 담요를 둘둘 말아 들고는 바닥으로 내려갔다.

하루 종일 움직이지 않아서인지 잠이 오지 않았다. 한참을 뒤척여도 정신이 말똥말똥했다. 고요한 가운데 가만히 누워 있노라니 갑자기 등과 팔뚝과 허벅지 따위가 가렵기 시작했다. 소금기와 열기 때문인가. 손톱을 세워 피부를 북북 긁었다.

한참을 그러다 보니 짜증이 치밀어 올랐고, 그래서 문득 성현을 내팽개치고 싶어졌다.

"성현아."

물리적 충동을 막기 위해 일부러 이름을 불렀다.

"왜요?"

집에 갈 생각은 아직 없는 거냐고 물으려 했는데, 엉뚱한 질문이 불쑥 튀어나왔다.

"네 인생의 서사는 어떠니?"

"네?"

"재미있니, 아니면 재미있게 만들어야 하니? 포장지나 리본이 필요한데 스스로 만들 수가 없어서 일부러 힘들고 모자라 보이는 사람들을 찾아가 기만하는 거니?"

그렇게 심한 말을 뱉으면서, 아이는 겨우 열두 살이니 질문을 이해하지 못할 것이라고 합리화했다.

하지만 성현은 바로 되받아쳤다. 적어도 서로에 대해 아예 모르는 것보다는 나아요, 라고.

"이 고시원에서 누군가가 죽어도 쌤은 그게 누군지, 어떤 삶을 살았는지 모를 거잖아요. 저는 알죠."

"하지만 너 자체는 그 사람들에게 진실하지 않잖아. 부모님이 안 계신 것도 아니고, 내가 형인 것도 아니고. 모두가 진실을 들었을 때 어떤 절망감을 느낄지에는 별로 관심이 없지?"

그러자 성현이 대답했다.

"내기할래요? 정말 그렇게 되는지, 아닌지. 저는 진실을 안 사람들이 화내지 않는다, 쌤은 화낸다로."

"뭘 걸고?"

"제가 지면, 그러니까 사람들이 화내면, 집에 들어갈게요. 쌤이 가출을 시킨 게 아니라 내가 알아서 한 걸로 하고요. 몇 날 며칠을 혼자 떠돌다가 쌤이 너무 보고 싶어서 연락했다고 할세요. 그리고 쌤은 우리 부모님한테 전화하는 거죠. 제가 성현이를 찾았습니다, 하고. 그럼 우리 부모님은 쌤한테 고마워서 어쩔 줄 모를 거예요. 아마 상을 주겠죠? 그리고 큰아버지도 알게 되겠죠. 쌤네

교수님 말이에요. 얼마나 기특해하시겠어요?"

아민은, 싫다고 말해야 했다. 내기에 이기더라도 그런 거짓말을 할 수는 없다고. 내가 너의 선생이어서가 아니라, 애당초 나는 그런 인성을 가진 사람이 아니라고. 양심이란 걸 가지고 있다고.

하지만 입이 떨어지지 않았다. 갑자기 허리가 다시 욱신거리며 자신에게 일갈하는 것 같았다. 너는 아무짝에도 쓸모없어. 하다못해 이 고시원의 다른 사람들은 잘만 하는 육체노동마저 제대로 못하잖아? 그저 책상에 앉아 애들을 가르치며 굉장히 똑똑하고 고상한 인간인 척해야 겨우 살 수 있어. 인정해. 타협하라고. 어차피 사람들은 다들 서로에게 상처를 주면서 이기적으로 살잖아. 너무 팍팍하게 굴지 말라고.

"알겠어. 내기, 해."

그렇게 대답한 아민은 궁금해져 물었다.

"그런데 어떤 방식으로 진실을 토로하려는 건데?"

어차피 성현이 이제 와서 자신의 모든 것이 거짓이었다고 주장해 봤자 아무도 믿지 않을 것 같았다. 심지어 이야기를 잘 꾸며내는 걸로 유명하다고 하지 않았나.

그러나 성현은 간단히 대답할 뿐이었다. 보면 알게 될 거예요, 라고. 그리고 보면 아민은 성현처럼 무언가를 잘 숨기는 초등학생은 한 번도 본 적이 없었다.

*

나은 듯했던 허리 통증이 갑자기 심해졌다. 도저히 걸을 수가 없었다. 성현은 또다시 꼭두새벽에 일어나 아민의 허리에 새 파스를 붙여 주었다. 그러고는 혼자 오도도 내려가더니 밥에, 김치에, 이런저런 나물과 고추참치까지 얹은 그릇을 가져왔다. 아민이 자는 내내 뱃속에서 꼬르륵 소리가 요동쳤다면서.

움직이지도 않았는데 허기란 놈은 왜 눈치도 없는지. 아민은 민망해졌다. 그러나 열심히 먹었다. 그러고는 다시 까무룩 잠이 들었다.

마른 입을 다시며 눈을 떴을 땐 성현이 방에 없었다. 휴대폰을 봤더니 정오가 지나 있었다. 사공의 방에 갔을까? 아민은 어기적어기적 일어섰다. 새벽보다는 조금 나아진 것 같다고 생각했으나 겨우 다섯 발자국을 가서는 다시 주저앉았다. 요의가 심한데 큰일이었다.

혼자 쓰는 방이었다면 그냥 냅다 바닥에 볼일을 본 후 어떻게든 열과 성을 다해 청소했을 것이다. 그러나 언제 성현이 들어올지 모르는 상황이었고, 아이에게 그런 참극을 보일 수는 없었다. 아무리 온갖 양가감정이 다 드는 대상이라고 해도.

그래서 한참 어찌할 바를 몰라 하다가 결국 사공에게 전화를 걸었다. 마침 전날 휴대폰 번호를 받은 차였다. 그리고 아마 그에게 연락하면 성현의 거취까지 자동으로 알게 될 거라고 기대하기도 했을 것이다.

"사공…… 님."

생각해 보니 이름조차 묻지 않았었다.

"너무 죄송한데, 혹시 파스 좀 사다 주실 수 있을까요? 돈은 입금해 드릴게요. 사서 방문 앞에 걸어 주시기만 하면 됩니다. 성현이가 어디 갔는지 보이지 않아서 불가피하게……"

사공은 대답이 없었다. 아민도 더는 말을 이을 수 없었다. 십 년간 고시원 밖으로 나가지 않은 히키코모리에게 파스를 사다 달라는 요구를, 친하지도 않은 자신이 하는 게 최악이라는 건 스스로가 가장 잘 알고 있었다. 눈물이 날 것 같았다. 왜 그간 누구와도 이야기를 나누지 않았을까. 왜 도움 줄 사람 하나 만들지 못했을까. 대체 왜.

볼에서 휴대폰을 떼고 화면을 보았다. 대답 없이 숨소리만 서로 나눈 지 이미 이 분이 지나 있었다. 아민은 결국 먼저 입을 열어 미안합니다, 라고 말했다. 미안합니다. 없던 일로 하겠습니다. 제가 알아서 하겠습니다. 그러고는 전화를 끊었다.

극한 상황에서 인간의 몸은 대단한 능력을 발휘하는 모양이다. 아민은 다리를 꼰 채로 요의를 참으며 다섯 시간이나 더 버텼다. 늦은 저녁, 많이들 퇴근할 시간이었다. 방 밖으로 숨죽인 사람들의 발소리가 이어졌다. 허리가 조금 괜찮아진 것도 같아 아민은 천천히 자리에서 일어섰다.

됐다! 괜찮았다. 느리게나마 움직일 수 있었다. 방 밖으로 나와 문고리에 아무것도 걸려 있지 않음을 확인한 후 공용 화장실로 이동했고, 드디어 볼일을 보았다.

그러고는 내친김에 부엌으로 몸을 움직였다. 뭘 먹겠다는 마음보다는 당장 누군가와 친해져야겠다는 필요를 느꼈기 때문이었다. 또 무슨 일이 생길지 모르니까.

부엌에 내려오는 데 성공하긴 했으나, 땀이 주룩주룩 흘렀다. 어떻게 다시 방으로 올라갈지 눈앞이 캄캄했다.

뒤에 오던 이가 문을 열어 줘 안으로 들어가자, 식사를 하던 사람들이 일제히 아민을 걱정해 주었다. 그래서 아민은 예상과 달리 아주 쉽게 여러 사람의 연락처를 얻을 수 있었다. 다들 일하며 허리를 몇 번씩 다쳐 봤기에 아민을 모른 척하지 않은 것이다. 다행이었다.

"그런데 오늘 동생은 안 보이네?"

누군가가 물었고, 아민은 눈을 껌벅이다 대답했다.

"그러게요, 사공 씨 방에 놀러 간 게 아닐까요."

사람들의 표정을 본 아민의 심장이 쿵, 내려앉았다.

"……사공은 오늘 점심쯤 응급차에 실려 갔는데."

조용한 고시원에서 그런 소동이 일어났다면 모두가 들었을 터인데, 아민은 자느라 전혀 알지 못했다.

"그리고 방에는 아무도 없었어. 거기 처음 들어가 봤는데, 오늘 일을 쉰 게 얼마나 다행이었는지! 안 그랬으면 못 들어가 봤을 테니 말이야. 정말 별천지더군. 나 같아도 그 방에서 하루 종일 재미있게 지낼 수 있을 것 같아."

그러자 곧 식당이 왁자지껄해졌다. 사공의 방을 구경해 본 사람은 극소수였고, 일을 나가 그 현장을 목격하지 못한 이는 다수였다. 좌우지간 모두가 확언한 것은, 거기에 성현이 없었다는 점이었다.

사람이 병원에 실려 갔는데 어떻게 모두 이렇게 태연할 수 있는가? 기함한 아민이 사공의 증상을 묻자 아저씨들은 구레나룻을 벅벅 긁더니 대답했다. 일종의 공황 장애인데, 그런 증세는 고시원에서 비일비재하다고. 이미 구급대원에게서 생명엔 지장이 없다는 말도 들었다고. 아마 사공이 처음 그런 일을 겪은 탓에 놀라서 응급차를 부른 것 같다고.

"웃기지? 십 년간 이 건물 밖으로 나간 적이 없는 히키코모리가 어디서 발견됐는지 알아? 열린 문 문턱에 낀 채로 있었다더군. 왜인지는 모르겠지만, 어쨌든 나가 보려고 했나 보지? 그러고는 겨우 숨 좀 막힌다고 구조 요청을 한 거지. 살고 싶었던 거야. 나는 그래서 되게 좋았어. 우리 사공이, 이전에도 여러 번 죽으려고 시도했었어. 그럴 때마다 죽기 직전에 고시원 사람 중 아무에게나 연락해서 자길 발견하게끔 했거든. 근데 이번에 처음으로 스스로 죽으려 든 게 아니라 살겠다고 응급차를 부른 거지. 완전히 반대로 행동한 거잖아. 무슨 마음의 변화가 있었을까?"

"자기가 직접 응급차를 불렀다고요?"

"그렇다는데. 119에 연락한 번호가 사공 거였대."

그렇다면 사공은 아민의 전화 때문에 밖에 나가다가 쓰러졌단 말인가? 파스를 사기 위해서?

그리고 성현은 대관절 어디 있단 말인가?

입이 바짝바짝 타기 시작했다. 아민의 표정이 심상치 않음을 눈치챈 어른들의 얼굴 역시 천천히 굳어 갔다.

제발, 이럴 수는 없어. 아민은 울고 싶었다. 자꾸만 유정 생각이 났다. 유정은 스스로 사라지고서 그대로 죽지 않았나. 인사도 없이, 자신에게 죄책감만 잔뜩 선사한 채로.

이제야 아민은 자신이 무엇을 잘못했는지 알 것 같았다. 왜 언제나 일이 터진 후에야 깨닫게 되는 것일까. 후회스러웠다. 왜 그렇게 멍청한 것일까, 나는.

성현이가…… 없어진 것 같아요.

아민은 그만 주저앉았다. 사공이 공황으로 실려 갔다고 했던가. 자신도 그럴 것만 같았다. 숨이 막히고 머리가 어지러웠다. 집이 불탔을 때도, 엄마가 입원했을 때도, 원무과에 불려 갔을 때도 그리고 유정이 죽었을 때도 없었던 증상이었는데, 갑자기.

식당이 시끄러워졌다. 고시원 사람들은 곧바로 여기저기를 수

색할 계획을 짜기 시작했다. 일을 해 본 사람들의 자세인 걸까, 아니면 아민보다 성현을 더 잘 아는 사람들의 능력일까. 그들은 성현이 좋아하는 장소들을 이곳저곳 나열했는데, 아민은 전부 모르는 곳이었다.

그때 누군가가 큰 소리로 말했다. 자신이 가장 잘 따르던 사공이 병원에 실려 갔으므로 성현 역시 어떻게든 그곳에 갔을 가능성이 있다고. 응급차가 왔을 당시에 성현도 그 자리에 있었는지는 모르겠지만, 사공이 실려 갔다는 걸 알았다면 필히 그랬으리라고. 그러니 병원에 찾아가겠다고.

아민은 그를 알아보았다. 아민에게 J물류는 절대 가지 말라고 조언해 줬던 남자였다.

그러자 갑자기 좌중이 조용해졌다. 나는 반댈세. 사공이네 부모가 거기 와 있을 텐데, 사공도 그들이 벌이는 난장을 우리가 보기를 바라지 않을 거야. 누군가가 말하자 여러 사람이 동조했다. 그러나 남자는 완고했다. 아이가 거기 있을 수 있으니 가 보겠다는 거였다.

"성현이는 부모 없는 아이가 아닌가. 자신과 다른 세상의 부모를 보고 어떤 충격을 받겠나. 나는 그게 무서워. 그 애가 받을 충격을 최대한 줄여 주고 싶네. 누군가는 말해 줘야 할 것 아닌가. 안 그러면 그 애는 세상을 미워하게 될 거야."

내가 내기에서 이기겠구나. 아민은 정신이 없는 와중에도 그 말을 듣고 확신했다. 성현이 집으로 돌아가겠구나, 라고.

그리고 용기를 내어, 함께 병원에 가겠다고 했다. 제 생각에도 성현이가 거기 있을 것 같아서요.

그러자 남자는 아민의 등을 두드리며 말했다. 가서 상처받지 말라고. 왜 저런 정신 나간 사람들이 잘 벌고 잘살지, 라는 의문이 들어도 그들만 원망하고 죄 없는 자신을 자책하거나 학대하지는 말라고.

아민은 남자와 함께 사공이 실려 간 병원으로 향했다. 지하철이며 버스를 갈아타는 동안 남자는 아민의 손을 잡은 채 연신 중얼거렸다. 애가 거기 있을 거야. 성현이가 있을 거다, 라고. 마치 말하면 이루어지듯, 혹은 아민을 억지로 안심시키듯. 왠지 그 말이 더는 듣고 싶지 않아 아민은 물었다.

"아까 부엌에서요, 성현이가 세상을 미워하지 않도록 만들어주고 싶다고 하셨잖아요."

"그랬지."

"그런데 왜 저에게는 그들을 원망하라고 하셨어요? 말씀이 다르잖아요."

그러자 남자가 희미한 목소리로 속삭였다.

"내가 그 애를 좋아해서 걱정하는 거지. 솔직히 성현이 형은 잘 모르는 사람이고, 또 옛날부터 나나 다른 친구들을 싫어하는 티가 분명하게 났거든. 우리도 눈치가 있어. 모를 수가 없지. 하지만 성현이는 우리가 무슨 말을 해도 눈을 반짝거리며 들어 줘. 그러고는 이야기로 포장해 주는 거야. 내가 대단하다고. 내 삶이 영화 같고 가치 있다고. 그 눈빛을 보면 왠지 내가 잘 살고 있는 것만 같지. 그래서 그런 거야."

아니에요, 그 애는 그저 가난을 동경하는 것뿐이에요. 아민은 당장에라도 털어놓고 싶어졌다. 그러나 꾹 참았다. 성현이 직접 비밀을 자백해야 한다고 생각했다. 그게 내기의 조건이기도 했다.

두 사람은 병원 로비에 다다랐다. 그런데 사공이 어느 병실에 있는지 어떻게 알죠? 뒤늦게 계획의 구멍을 깨달은 아민이 물었으나 남자는 마치 이곳을 잘 아는 사람처럼 엘리베이터를 타고, 층수 버튼을 누르고, 앞서서 걸었다.

사공과 연락을 미리 했던 거냐고 묻자 그는 고개를 젓고는 대답했다. 사공의 부모에게 사공의 물건을 가져다주겠다고 연락을 했다고. 부모를 어떻게 아느냐는 아민의 질문에는 묵묵부답이었다. 오히려 되물었다. 벌써 밤 아홉 시가 다 되었는데 만약 성현이가 병실에 있지 않으면 어떻게 할 거냐. 경찰에 신고할 거냐, 하고. 경찰에 신고할 거면 같이 가게. 아무래도 혼자 가면 두려울 테니. 남자의 말에 아민은 막막해졌다.

성현의 부모조차 아이가 실종됐다고 신고하지 않았는데 내가 어떻게? 그리고 무엇보다, 남자가 함께 간다면 성현이 동생이라는 거짓말을 반복해야 하는데 대체 어떻게. 제발 그런 일이 일어나지 않기를 바랄 뿐이었다.

그리고 마침내 병실 문을 열었을 때, 아민의 눈앞에는 뜻밖의 사람이 서 있었다. 몹시 피곤한 표정으로, 조금 놀랐으나 결국엔 희미하고 민망한 웃음을 지으면서.

"미안하네. 정말 미안해."

노교수였다.

*

교수의 욕심 때문에 히키코모리가 된 아들. 교수는 어떤 공부도 노동도 거부하는 그 아들을 아내 소유의 고시원 펜트하우스에 몰아넣고 애써 잊었다. 집에서 함께 살면 속이 타들어 가니 아예 시야에 들어오지 않게 내쫓았달까.

그렇게 따로 산 지 십 년. 교수 앞에 아민이 나타났다. 교수에게 아민은 아버지 노릇을 하고 싶다는 자신의 갈망을 이뤄 줄 대상이었다. 아민의 사정을 알고서 방을 헐값에 제공한 이유도 결국 환심을 사기 위해서였다. 아민이 빙값을 송금한 사람은 교수의 아내였고, 당연히 그의 아내 이름을 알 턱이 없었으므로 아민은 둘 사이의 연관성을 유추하지 못했다.

성실하게, 동시에 표독스럽게 공부하는 아민의 일거수일투족을 지켜보며 노교수는 확신을 얻었다. 방점을 찍기 위해 아민에게 일자리까지 제의했다. 그리고 그 일자리가 아주 편할 거라고 확신했다. 영재 수준의 초등학생을 가르치는 게 뭐 그리 어렵다고. 그렇게 생각했다.

그러니까 교수는, 자기 동생 역시 자신처럼 아이에게 지나친 기대를 걸며 아이를 옥죄었다는 사실을 몰랐던 것이다. 그 영재 조카 역시도 아들의 전철을 따를 가능성이 있다는 것 또한.

"아들이 고시원 사람들에게 성을 다르게 말했다는 걸 나는 전혀 몰랐어. 이름까지도 거짓으로 말했다면 오히려 나았을 거네. 그저 자신을 부정하고 새로 태어나고 싶었구나, 하고 상상할 수 있으니. 그러나 아들은 성을 바꿨지만 외자 이름은 그대로 두었지. 난 그게 너무 괴로워. 그저 자기 아버지만을 미워했던 거니까……."

그 이야기를 듣던 아민은 퍼뜩 불길한 예감에 사로잡혀 물었다. 그러면, 만약 성현이와 아드님이 만났다면 서로가 친척이라는 걸 몰랐을까요?

"족보상의 사촌이 있단 거야 알았겠지. 하지만 성현이가 겨우 돌을 지났을 때 이미 아들은 고시원에 틀어박혔고, 나는 아들의 존재를 지우기 시작했네. 그러니 얼굴조차 모를 거야. 그런데…… 그건 왜 묻나?"

교수는 성현이 사라졌다는 사실조차 모르고 있었다. 그제야 아민은 깨달았다. 정말로 큰일이 벌어졌음을.

교수가 담배를 한 대 피우러 나간 동안, 고시원 남자가 사공에게 무슨 일이 있었던 거냐고 물었다. 사공은 아민은 보이지도 않는 것처럼 남자에게만 울며 한탄했다.

"형님, 성현이가…… 성현이가 거짓말을 했어요. 자기는 무슨 교수의 아들이고, 너무너무 잘살고, 평생 아무 일 안 해도 먹고살 걱정 없다고. 우리를 속였다고. 그런데 같이 사는 쟤는 아니래요. 쟤는 정말 가난한 애고, 친형도 아닌데 자기가 이용한 거래요. 어떻게 그래요? 반대여야 하지 않아요? 그 착한 애가 어떻게 그런 거짓말을 하냐고요!"

"무슨 말이야?"

"성현이가 그렇게 편지를 써서 보냈다고요, 제 방 앞으로. 전화했는데 받지도 않고. 저는 당장 사실을 알아야겠는데. 그런데 마침 쟤, 이름도 생각 안 나는데 하여간 쟤가 파스 좀 사다 달라고 전화를 한 거예요. 가서 물어보면 되겠다 싶더라고요. 그래서 나왔는데…… 별안간 숨이 쉬어지지 않았어요."

"그럼 성현인 어디 있는데?"

"제가 이떻게 알아요. 찾아 줘요."

사공은 목을 놓아 울기 시작했다. 아민은 잰걸음으로 병원을 나왔다. 아픈 허리를 신경 쓸 겨를도 없었다. 병실로 돌아가던 교수가 뒤에서 아민을 불렀으나 대답하지 않았다.

아니, 대답할 수 없었다. 그 자리를 피해야만 한다는 갈급함이 먼저인지, 아니면 성현에 대한 걱정이 먼저인지는 자신도 헤아릴 수 없었다. 전자가 아니기를 바랄 뿐이었다. 그렇다면 자신의 인간성이 너무나 끔찍하게 느껴질 것만 같아서.

어딘지도 모르는 어두운 길을 마구 헤맸다. 버스나 지하철을 탈 생각은 들지 않았다. 발바닥이 부르트도록 걷는 것이 속죄라고 생각했다. 인적이 드물어 모골이 송연해지는 골목이 나타날 때마다 성현을 떠올렸다. 그 애가 여기 있었다면, 이라고 상상했다. 휴대폰 진동이 계속 울려서 보니 노교수였다. 그래서 받지 않았다. 다 피하고만 싶은 마음이었다. 땀이 뻘뻘 흘러내렸다.

자정을 넘겼을 즈음, 아민은 그만 실소를 터뜨리고 말았다. 한강에 다다랐기 때문이었다.

여름의 한강은 변화가나 다름없었다. 더위를 피해 온 사람들이 넘쳐났고, 더는 무섭지 않았으며, 사위가 밝았다. 아민은 지금까지 자신이 자기도 모르게 안전한 길만 골라 걸어왔음을 깨달았다. 겨우 제 몸의 안위를 지키려는 안이한 본능 때문에.

비참하고 막막해져서 강둑에 주저앉아 흐느꼈다. 맥주 캔을 든 사람들이 아민을 곁눈질하며 지나갔다.

아민은 바랐다. 성현이 만약 자신과 똑같은 자세로 어디선가 울고 있다면, 도움을 받았기를. 안전한 곳에 가 있기를. 이 모든 일이, 나중에 우스웠던 추억으로서 떠올릴 수 있는 에피소드가 되도록 그 애가 이미 만들었기를. 그건 자신의 능력으로는 불가능한, 그 애만이 할 수 있는 일이니까.

  안전하기만을 바랐다.

  유정과 달리.

희준, 셋

"결말이 너무 맥 빠지지 않아요? 그날 사실은 안전히 집에 돌아간 거였고, 쌤 탓은 하나도 하지 않은 데다 자기가 영재 아니란 거 인정하고 대충 살기 시작했다는 게. 지금 열여섯쯤 됐으려나? 뭐 하고 싶대요? 연락은 해요?"

"……그래, 네 말이 맞아. 그 애는 자기가 영재가 아니란 걸 인정했지. 나는 오히려 아이 찾아왔다고 절을 받았어. 교수도 입을 딱 다물었지. 자기 아들이 창피해서였을까."

"제 질문에 대한 대답이 아니잖아요. 걔, 그 가짜 영재 과외생이 뭐 하고 사느냐. 전 그게 궁금한데요. 연락하지 않으신다면야 소식을 모를 테니 어쩔 수 없지만. 근데 좀 웃기네요. 언젠가는 들통 날 거짓말을 왜 했을까요?"

아민이 서랍을 열더니 대봉투 하나를 끄집어내서 그 안에 든 걸 천천히 꺼내 희준 앞에 내밀었다. 누레진 A4 용지 묶음이었다. 희준은 상단에 정갈하게 쓰인 글자를 읽었다.

숙제

이름: 주성현

"성현이가 가출한 날 냈던 숙제야. 고시원 우편함에 넣었던 거. 그날은 정신이 없어서, 이후에는 아예 잊어서 이 숙제를 검사할 생각을 전혀 못 했어. 성현이가 집에 돌아가고 나서야 퍼뜩 기억이 나서 뜯어봤지. 웃기지? 아이는 약속을 지켰는데 선생인 나는 신경도 쓰지 않았다는 게."

"어차피 엉망이었을 거 아니에요. 그러니까 볼 필요가 없던 거 아녜요?"

"일단 뜯어서 한번 봐."

희준은 봉투를 뜯었다. 수학 다섯 문제, 영어 열 문제. 모두 서술형. 이미 고3 과정까지의 국영수 선행을 마친 희준이 봐도 문제가 쉽지 않았다.

희준은 우선 깨알같이 적힌 수학 풀이 과정을 찬찬히 읽어 내려갔다. 그러고는 곧바로 영어 문제지를 집어 들었다. 이번엔 조금 급하게 읽었다.

"말도 안 돼. 사기 치지 마요."

개념과 논리가 정확하게 정돈된 답변뿐이었다. 열두 살짜리가 어떻게 이런 문제를 풀지? 아니지, 그건 차치하더라도, 분명 가짜 영재라고 하지 않았던가?

"뒷장을 한번 볼래?"

희준은 아민의 말에 종이를 뒤집었다. 같은 글씨체로, 이번에는 짧은 메시지가 적혀 있었다.

쌤에게는 거짓말하는 애로 보이고 싶지 않아서 다 풀었어요. 엄마 아빠 한테는 비밀로 해 주세요. 하지만 저는 이걸 하고 싶지 않습니다.

사기 친 게 분명해요. 희준이 종이를 거칠게 내려놓으며 말했다. 다른 사람에게 풀어 달라고 했을 거예요. 그걸 베껴 적었겠죠. 자기가 잘난 걸 왜 숨겨요? 그리고 다른 과외 선생한테는 한참 잘 숨겨 놓고서는 왜 쌤한테만 고백하는데요? 그게 다 쌤이 만만해 보여서 그런 거예요. 어리고, 돈 쪼들리고. 그러니까 자기 말 잘 들을 사람 같았겠죠.

"네가 무슨 말을 해도 내가 다 거짓말로 치부한다면, 너는 기분이 어떨까?"

"아니, 왜 죄 없는 저한테 갖다 대요? 저는 이런 오글거리는 구라 안 쳐요. 근데 얜 어려서부터 싹수가 노랬는데요. 사기꾼 되기 딱 좋을 것 같아요."

말이 너무 심했나. 뒤늦게 자각한 희준은 입술을 핥으며 아민의 표정을 슬슬 살폈다.

"물론 그 전 과외에서 생긴 트라우마 때문에 쌤이 과외생을 전적으로 믿고, 응석을 받아 주려고 했던 것도 있겠죠. 이해는 해요. 하지만 쌤, 얘 같은 애들이야말로 자기 누울 자리 귀신같이 알고 기어올라요. 이걸 믿어요?"

결국 또 언성을 높이고 말았다. 사실 희준의 언성이 자꾸만 높아지는 것에도 나름의 속내는 있었다. 여름 방학을 앞둔 지금, 아민은 학급 아이들과의 기싸움에서 완벽히 패배하는 중이었다. 안쓰러울 정도로.

아민은 지나치게 물렁했다. 학급은 겉으로 보기에는 멀쩡히 돌아가는 듯 보였다. 하지만 학생들이 저들끼리 모인 자리에서, 단톡방에서, 재학생과 졸업생만 접속할 수 있는 폐쇄 커뮤니티에서 얼마나 그를 씹어 대는지 아민은 전혀 모르는 것 같았다.

덕분에 희준은 내내 속이 탔다. 저 사람을 생각하고 걱정하는 건 자신뿐인 것만 같았다. 그래서 다른 모든 놈이 얼마나 위선적인지 증명하고 싶었다. 입만 산 새끼들. 생기부 때문에 앞에서는 굽신거리고 뒤에서는 본색을 드러내는 새끼들. 그런 놈들에게 아민이 잘해 주는 꼴을, 정말로 보고 싶지 않았다.

"이런 인성 파탄자들은 세상천지에 수두룩해요. 우리 학교에도 가득하다고요. 물론 열두 살은 인성이 아직 덜 여물었을 때이긴 하지만, 이때 일은 이때 일이고, 지금은 좀 냉정해지면 어디가 덧나요?"

"왜? 애들 사이에 무슨 일이 있니? 아니면 내가 담임을 하는 방식이 마음에 들지 않니?"

그걸 몰라서 묻나. 희준은 한숨을 내쉬었다. 그러고는 고개를 절레절레 흔들며 대답했다.

"제가 말하면 남 험담이라고, 이간질이라고 하시겠죠. 그러니까 참을래요, 일단."

종이 울렸다. 아민이 허리를 펴더니 희준의 어깨를 짚으며 물었다. 한 학기 내내 상담으로 시간을 다 날려 버려서야…… 공부는 언제 할래? 라고.

희준도 바보는 아니어서, 자신이 교무실에 등장할 때마다 따라붙는 다른 교사들의 시선과 쯧쯧 혀 차는 소리를 모르는 바는 아니었다. 그러게. 공부는 언제 하나. 그래도 꿋꿋이 대꾸했다.

"1학기 성적 나름 괜찮았는데 왜 꼽 줘요? 공부는 제가 알아서 해요. 그리고 어차피 오늘 방학식인데요, 뭘."

그러자 아민은 피식 웃었다.

희준은 저벅저벅 복도를 걸어 교실로 돌아왔다. 교실에서는 달큰한 과일 향이 났다. 전자 담배 냄새. 희준은 미간을 찌푸렸다. 맘 맞는 애들끼리 모여 낄낄거리며 휴대폰으로 영상을 보고 있었다. 대부분은 욕설과 비아냥이 난무하는 짧은 릴스. 때로 근처 여고 재학생들의 계정에 들어가 스크롤을 내리며 그 애들의 외모와 성격을 함부로 평가하는 아이들도 있었다.

그 와중에 공부에 미친 애들은 학원에 대한 정보를 시시콜콜 나누는 중이었다. 어차피 부모가 대입까지 레드 카펫 싹 깔아 줄 텐데 자기들까지 왜 저럴까, 싶었다.

희준은 이런 식의 빈 시간이 생기면 엎드려 자는 척하는 편이다. 그래도 아무도 희준을 절대 무시하지 않는다. 그게 희준의 부모가 가진 힘이다.

책상에 두 팔을 올리고 손등 위에 이마를 얹었다. 나중에는 꼭 머리를 장발로 길러서, 이렇게 엎드리면 얼굴이 다 가려지도록 만들 작정이다. 그러면 자신이 잠들지 않고 눈을 대구루루 굴리고 있음을 누구에게도 들키지 않을 테니까.

그러나 지금은 옆얼굴이 다 드러날 터이므로, 눈을 감았다. 그리고는 숨소리까지 일부러 천천히, 깊게 냈다.

그렇게 일 분만 자는 척을 하면 희준이 엿듣길 원했던 속삭임이 들려온다.

"……저 새끼 잔다."

"또 담임한테 갔다 온 거지? 쟤 진짜 뭐야? 아니, 진짜 이상해. 담임한테 존나 집착한다고."

"나도 처음엔 걍 생기부 잘 받으려고 앞서서 지랄하는 줄 알았거든? 근데 그게 아닌 것 같아. 담임도 쟤 존나 불편해하더라고. 얼굴 보면 딱 알지."

"진짜 게이 아니야?"

"야, 내가 울 엄마한테 그 얘기 했다가 개 혼났어."

"왜?"

"쟤네 엄빠가 그런 소문 알면 어떻게든 소문낸 새끼 찾아서 조질 텐데, 그게 굳이 너일 필요는 없지 않냐고."

크크크. 낮고 작은 웃음소리가 산발적으로 터져 나왔다. 곧 스피커에서 오 분 후 방학식을 시작하니 강당으로 이동해 달라는 안내 방송이 송출되었다.

이 시대에 반드시 조회대 앞에 열과 오를 맞춰 학생을 세우는 허례허식을 추구하는 것은 제일자유고의 전통이다. 다른 학교에서였다면 턱도 없을 일이나, 여기는 유구했다.

가장 큰 이유는 학교에서 주목하는 최상위권 학생을 파악할 수 있기 때문이다. 학교는 방학식 때마다 저들이 기대를 잔뜩 걸고 있는 학생들을 단상에 올려 상을 주었다. 물론 그 상이 생기부에 기록되지는 않는다. 수상이 우회적으로 언급되어서도 안 된다. 교육부가 발표하는 대입 방침은 언제나 모든 학교를 공평하게 취급하는 듯하니까.

그러나 우습게도, 주요 대학교들이 제일자유고에서 주목하는 학생들의 명단과 상세한 특성을 아이들이 1학년일 때부터 공유받는다는 사실은 공공연한 비밀이었다. 기록으로 남지는 못하지만 기록보다 확실한 성취. 방학식은 그 대상자가 가려지는 자리였다.

두 번째 이유는 전교생의 학부모가 한자리에 모일 수 있는 날이기 때문이다. 부모들은 수상자를 눈으로 직접 확인하고 식이 끝난 후 서로 정보를 나누기 위해 방학식을 참관했다. 방학식에 학부모가 오는 학교는 아마 대한민국 내에 제일자유고밖에 없을 거라고 아이들은 조소했다. 그러나 동시에 초조해했다. 어쨌거나 자신도 승자가 되고 싶었으므로.

어른이나 아이나 똑같았다. 무리를 형성하고 그 안에서만 정보를 주고받거나 누군가를 헐뜯었다. 정탐 시간도 필요했다. 그게 제일자유고의 방학식이었다. 그리고 희준을 비롯한 모든 아이는 그 사실을 잘 알고 있었다.

그날, 희준은 상을 받았다. 전혀 예상치 못해서 단상에 올라가는 내내 삐걱거렸다.

교장 앞에 섰더니 그는 다정한 척, 그러나 의구심 가득한 눈길로 희준을 보았다. 아마 희준이 왜 여기 올라왔는지, 과연 자격이 있기나 한지 회의했을 것이다.

희준 역시 백 퍼센드 이해하는 마였다. 뭐, 에싱힐 수 있는 이유야 하나지. 엄마 아빠. 희준은 확신했다. 학교에서 눈치를 볼 정도로 대단하신 그놈의 부모.

어떤 상인지 보니 그저 '선행상'이었다. 헛웃음이 나왔다. 내가 무슨 선행을 했다고. 담임을 무시하지 않은 거라면 인정하지.

하지만 일단은 보는 눈이 많았다. 그중에 자기 부모도 있었으므로 희준은 그저 허리를 수그려 꾸벅 인사하고는 단상에서 내려왔다.

자리에 앉자 앞 번호 아이가 희준을 돌아보며 속삭였다.

"전략 좋네?"

비꼬는 것이 아니라 순수하게 감탄하는 말투였다.

"담임이 추천해야 받을 수 있는 상이라고 그러던데. 어쩐지, 네가 왜 그렇게 담임 졸졸 따라다니나 했다. 이제 이해됐네. 야, 애들이 오해하잖아. 해명 좀 하고 다녀. 너도 이미지가 있는데."

방학식이 끝난 후에는 학급별 지도 없이 바로 해산이었다. 하지만 희준은 다시 학교 본관으로 돌아가서는 성큼성큼 계단을 올랐다. 그 박자에 맞춰 속이 점점 메스꺼워지고 울렁거렸다. 속도를 줄이지는 않았다. 퇴근하는 선생들이 계단을 내려오고 있었으니까. 막판에는 거의 뛰다시피 했다.

다행히 아민은 아직 교무실에 있었다. 나머지는 모두 퇴근한 듯 고요했다. 희준은 짐을 챙기는 중인 아민의 옆에 섰다. 손이 조금씩 떨렸다.

"그런 거 아니에요."

다짜고짜 말하자 아민은 멍한 표정으로 희준을 바라보며 되물었다.

"뭐가?"

"상 달라고 맨날 찾아온 거 아니라고요. 내가 그렇게 나빠 보여요? 그렇게 계산적인 인간인 것 같아요? 아님 너무 귀찮으니까 이거나 먹고 떨어지라는 거예요? 원하는 걸 줬으니 이제 다신 오지 말라고?"

아민이 입을 열었으나 희준이 순서를 가로챘다.

"쌤이 말했던 그 과외생들을 대할 땐 안 그랬잖아요. 고민하기도 하고 싸우기도 하고, 그러면서도 어떻게든 걔들이 갇혀 있는 세계를 깨려고 노력했잖아요. 그게 좋은 결과든 나쁜 결과든, 누가 상처를 받든 말든 일단 시도했잖아요. 그런데 왜 저한테는 그렇게 하지 않는 거죠? 왜 이따위 상장 같은 걸로 저를 만족시키려고 하는 거예요? 왜 저랑 싸울 생각을 하지 않고 감내하는 거예요? 왜 저를 다 참아 줘야 하는 고객처럼 대하냐고요. 대체 왜!"

그때 교무실 문이 열렸다. 어어이, 멍청하게 지갑을 두고 왔네에. 학년 부장이 호들갑을 떨며 들어오다가 희준을 발견하고 어깨를 가볍게 치며 말했다. 함희준이, 축하해!

"선행상, 어? 내가 추천했지. 그러니까 2학기 때는 내 수업 시간에 좀 덜 자라. 알겠냐? 아무리 입시에 안 들어가는 과목이라도 그렇지. 한 번은 깨어 있어야지."

"전 잔 적 없는데요. 한 번도요."

"아아, 그렇지, 쌤이 착각했네. 그래, 어쨌든 쌤은 간다. 얼른 인사하고 담임 선생님 보내 드려라!"

그러고는 지갑을 챙겨 떠나 버렸다. 다시 교무실에 고요가 내려앉았다.

희준은 아민의 눈을 빤히 바라보았다. 혼란스러웠다. 분명 아민이 자신을 수상자로 추천했을 거라는 소리를 듣고서 눈이 돌아여길 온 게 아닌가. 그런데 왜, 추천자가 아민이 아니라는 걸 알았는데도, 자신이 화를 냈던 이유가 헛된 것임을 깨달았는데도 분노가 가라앉지 않을까.

왜 더 서운할까.

"……아까, 나와 싸우고 싶다고 했니?"

아민이 백팩을 메더니 물었다. 네. 희준이 대답하자 아민은 손을 들어 흐트러진 희준의 옷매무새를 정리해 주며 말했다.

"그럼…… 싸우지, 뭐. 내가 먼저 시비를 걸게. 선행상을 주는 기준은……."

희준은 아민의 눈에 비친 자신을 보았다.

"사실 익명으로 학교에 발전 기금을 가장 많이 낸 학부모의 자식에게 주는 거란다. 학생들은 모르는 대외비지. 학부모들은 알려나? 그건 좀 애매하네."

아민은 그렇게 말하고서는 자신이 마지막으로 퇴근하니 문단속을 해야 한다며 희준을 쫓아냈다. 희준은 아무 대답도 하지 못하고 밀려났다. 정신을 차려보니 이미 아빠의 차에 탄 채였다.

선생님이랑 무슨 얘길 그렇게 했어? 조수석에 탄 엄마가 물었으나 어떤 대답도 할 수 없었다. 집에 가고 싶지 않았다. 학교를 떠나고 싶지 않았다. 당장 돌아가서 아민에게 해명하고 싶었다. 하루만에 할 수 없는 해명일 테니, 몇 주 동안 하루도 빠짐없이 찾아가 떠들고 싶었다.

그러나 그럴 수 없었다. 이제 방학이니까. 방학인데도 전화를 걸어 따지는 진상 '고객'은 되고 싶지 않았으니까.

열일곱, 가을 : 아민과 지원

아민은 결국 과외를 그만두었다. 성현을 볼 때마다 자신은 진실되지 못하다는 죄책감과 교수에 대한 분노가 번갈아 찾아와 견딜 수 없었기 때문이었다.

자초지종을 알지 못하는 성현의 부모는 아민의 마음을 돌리려 애썼다. 그들에게 아민은 아이가 지극히 신뢰하는 대상, 그리하여 아이를 집으로 돌려보내 준 은인이나 다름없었으니까.

그러나 아민은 결국 작별을 고했다. 노교수의 2학기 수업은 일부러 신청하지 않았다. 다행히 그는 내년, 본격적으로 전공 수업이 시작될 때 퇴임한다고 했다.

고시원에서도 나오려 했으나, 주변 시세를 알아보고 마음을 접었다. 노교수가 자신에게 대단한 혜택을 준 것은 사실이었다.

고시원 사람들은 결국 성현의 비밀을 알게 되었다. 모두 분노도, 옹호도 하지 않았다. 아예 아무런 말을 하지 않았다. 아민은 이전처럼 혼자가 되었다. 사람들에게 인사도 하지 않았다. 아무 일도 없었던 것처럼 모든 게 그대로 돌아간 듯했다.

개강 후에도 허리는 계속 말썽을 부렸다. 아민은 몇 개의 아르바이트에 지원했고, 이번엔 검정고시를 통과한 고졸이라고 이력서를 작성했다. 그래서인지 두어 군데에 합격했다. 그러나 허리 때문에 모두 일주일도 출근하지 못했다.

자기 자신이 한심해 견딜 수 없었다. 또래들은 다 하는 아르바이트가 아닌가. 심지어 엄마보다도 유약한 것이 아닌가. 엄마는 뚝배기 설거지를 하며 날 키웠는데. 그저 자리에 앉아서 쉬운 국영수를 가르치는 것만으로 또래가 받는 시급의 서너 배, 혹은 그 이상을 받는 행위에 그만 익숙해지고 말았다는 죄책감도 아민을 괴롭혔다.

아무도 자신과 같은 고민을 하지 않는 것 같았다. 이 번뇌를 나눌 사람이 있다면 얼마나 좋을까. 아민은 처음으로 그런 생각을 하기 시작했다. 전에는 한 번도 기대하지 않았던 것이라 놀라기도 했다. 내가 사람을 필요로 하고 있구나. 이해에, 공감에 목마르구나. 그런 게 애당초 필요 없는 성격인 줄로만 알았는데.

자각하고 나니 이상하게도 슬퍼졌다. 약해진 기분이 들었다. 어렸을 때 숱하게 받은 상처 때문에 강해졌다고 여겼는데 이제 와서 사람을 찾게 되다니. 그러지 말아야겠다고 다짐해도 마음이란 건 뜻대로 되는 것이 아니었다.

주말이었다. 사람들이 가장 없을 시간에 비척비척 공용 부엌으로 내려갔다. 다행히 저 멀리서 혼자 밥을 깨작거리는 중년 여자 말고는 아무도 없었다. 아민은 성현이 그랬던 것처럼 밥과 김치를 한 공기에 담고서는 자리에 앉아 방에서 가져온 김과 컵라면을 주섬주섬 꺼냈다.

온수를 받으려면 여자 옆을 지나야 했다. 아민은 여자와 마주보지 않으려고 여자를 등진 채 게걸음을 걸어 정수기 앞에 섰다.

물을 받은 컵라면 뚜껑을 접어 누르는데 기척도 없이 옆에서 여자의 목소리가 들려왔다.

"저기요."

아민은 놀라 뜨거운 물을 조금 쏟고 말았다. 엄지가 욱신거렸다. 여자가 아민의 엄지를 붙들고는 싱크대로 데려가서 물을 틀었다. 찬물이 살 위로 쏟아졌다. 이어 여자는 냉장고에서 얼음을 꺼내어 덴 자리를 문질러 주었다.

나는 왜 이렇게 바보 같지. 누군가가 말을 걸었다는 이유만으로 이런 소동을 벌일 것까지는 없었잖아.

그렇게 생각하자 둑이 터진 듯 갑자기 눈물이 흘러나왔다. 창피했지만 이미 돌이키기엔 늦은 상황이었다. 진정하려 하면 할수록 오히려 더욱 거세지기까지 했다.

놀란 여자가 부리나케 휴지를 가져왔다. 그 난장판이 일어나는 동안 부엌에 아무도 내려오지 않은 것이 천운일 정도로, 둘은 부엌에 오래 있었다.

마침내 말을 할 수 있을 만큼 울음이 잦아든 아민이 고맙다고 이야기하자, 여자는 대뜸 물었다.

"사실은 학생한테 정말 말을 걸고 싶었는데요. 혹시 들어줄 수 있어요?"

*

언덕을 올라가느라 숨이 턱까지 찼다. 헐떡거리던 아민이 집에 들어서자마자 본 것은 숱한 결로로 생긴 벽지의 곰팡이였다. 유난히 비가 많이 온 여름이었으니 이 집도 피해를 입었을 게 분명했다. 비록 고지대라서 침수는 일어나지 않았을지라도.

현관에는 아직 내놓지 않은 재활용 쓰레기봉투가 놓여 있었는데, 그 안에 든 것은 온통 양주 병이었다. 집안은 어둑했고 윗집 아기 우는 소리가 간간이 들려왔다.

아민은 아이가 인내하는 대로 집에서 가장 넓은 방에 펴 놓은 교자상에 앉았다. 복(福) 자가 적힌 상이었다. 아민도 한때는 이런 상 앞에 쭈그리고 앉아 공부했었다.

아이가 차가운 물이 담긴 컵을 내왔다. 아민은 물을 마시며 아이를 보았다. 빡빡 깎은 머리에 치켜 올라간 눈. 늦더위에 취약한 듯 헐렁한 민소매를 입고 있었는데 드러난 팔뚝이 아주 다부졌다. 그런데 또 피부는 몹시 하얬다. 생각해 보면 이 애의 엄마도 그랬다. 부엌에서 아민의 엄지를 얼음으로 문질러 줬던 여자.

여자는 집을 나와 반년째 고시원에 머물고 있다고 했다. 그리고 여자가 그날 물은 것은, 자신의 아들에게 과외를 해 줄 수 있느냐는 것이었다.

"그 애는 내가 어디 사는지도 알고, 왜 집을 나왔는지도 알아요. 내 편이고요. 그러니까 애 아빠에게만 들키지 않게 해 주면 돼요. 애 아빠는 사무직이라서 일정하게 출퇴근하니까 어렵지 않을 거예요."

그러고는 민망해하며 과외비를 제시했다. 아민이나 동기들이 받는 평균적인 금액의 절반이 채 되지 않았다. 그리고 현금으로 직접 주겠다고 했다.

제가 버는 돈으로 드리는 거라 터무니없이 적으면 어쩌나 걱정이 되네요. 하지만 제가 집을 나와 있는 동안 우리 애가 아무것도 안 하고 시간을 보낼까 봐 너무 두려워요.

이런저런 아르바이트로 생계를 유지하고 있다는 여자에게 그 돈이 얼마나 큰 것일지, J물류에서 일해 봤던 아민은 알고 있었다. 집이 반지하라 열악할 거예요, 라는 말에 마음을 정했다. 비로소 자신과 같은 처지의, 그래서 자신이 정말 가르치고 싶은 아이를 만날 수 있을 거라는 기대가 들었으니까.

그러니 조금 적은 보수야 문제 될 게 아니었다. 아니, 오히려 적은 보수이기 때문에 할 수 있는 것이었다. 양심의 가책 없이, 자괴감 없이.

아민은 레벨 테스트를 진행했다. 준수한 편이었다. 최상위권은 아니었으나, 학원 한 번 보내 준 적이 없다는 여자의 말에 빗대어 본다면 대단한 노력이 뒷받침되었을 터였다. 자신이 직접 경험하지 않았던가. 사교육을 받지 못하는 아이가 학교에 적응하고 학년별로 고정된 학습 목표를 따라가는 게 얼마나 벅찬지.

아민은 시험지 위쪽에 적힌 아이의 이름, '민지원' 옆에 점수를 끄적였다. 국어 81점, 영어 88점, 수학 85점.

시험지를 건네주며 잘하네, 라고 말했으나 지원은 그다지 기뻐하지 않는 눈치였다. 오히려 화가 났다고 해야 하나. 실수가 많았어요. 지원이 낮은 목소리로 중얼거렸다. 더 잘 받을 수 있었어요.

"네가 다 맞히면 내가 가르칠 게 그만큼 줄어드는데? 이 정도면 엄청 잘하는 거지. 얼마나 잘하고 싶어서 그래?"

아민은 지원의 까까머리를 쓱 쓰다듬었다. 치솟은 눈꺼풀이 어찌할 바를 모르는 듯 떨렸다. 그것을 못 본 척하며 아민은 수업을 시작했다.

*

사람의 마음은 참으로 간사하다. 큰돈을 받을 때보다 훨씬 마음이 편했다. 수업을 구상하는 것도, 중간중간 농담 따먹기를 하며 서로를 더 잘 알게 되는 것도. 그리고 무엇보다, 몸도.

좌상에 앉아 아이를 가르치다가 허리가 아플 때면 아민은 양해를 구하며 일어섰다. 그러면 지원은 아래에서 본 아민의 얼굴이 대단히 못생겼다며 휴대폰으로 찰칵찰칵 사진을 찍어 댔다.

결과물을 확인한 아민은 정말로 충격을 받았고—턱이 몇 개인 건지!—지원은 킬킬 웃으며 말했다. 쌤, 키 작은 여친은 못 사귈 거 같아요. 쌤보다 키 큰 여친 사귀세요.

"여친 관심 없어."

"뻥."

겨우 두 살 차이긴 하지만, 어쨌든 연하인 것도 아민의 마음이 편해지는 데 단단히 한몫을 했다. 중2인 지원은 첫인상과 달리 긍정적이고 유들유들한 성격이었다. 어디 떨어뜨려 놓아도 잘 살 아이다, 라는 확신이 드는.

학교에서 인기도 꽤 많은 모양이었다. 수업을 하는 내내 지원의 휴대폰은 연신 반짝이며 친구들에게서 온 메시지를 띄웠다. 무음 모드였음에도 시선이 갈 정도로 빈도가 잦았다.

방 벽에 상장도 붙어 있었다. 지난 학기, 그러니까 중2 1학기에 받은 선행상이었다. 학급에 봉사하고 타에 모범을 보였다는 내용. 물론 틀에 박힌 문장들이었으나, 어쨌거나 저 상을 받았다는 건 교사들과도 좋은 관계를 유지하고 있다는 뜻이었다.

그러니 지원은 사실상 모든 걸 갖춘 학생이었다. 딱 하나, 가정환경만 빼고.

"두어 달 있으면 3학년들 고등학교 배정 신청할 때 아닌가? 너도 미리 생각해 봐야지. 고등학교 어디 가고 싶어?"

아민이 묻자 지원은 짧게 대답했다. 솔직히 안 가고 싶어요.

"왜?"

"가 봤자 뭐 해요? 안 다니고 바로 취업하고 싶은데. 왜, 고졸이 엄청 차별받는다고 말 많잖아요. 어차피 차별받을 거면 아예 중학교만 졸업하고 기술 배워서 돈 버는 게 낫지 않나? 게다가 학교에서 배우는 것들이 현장에서 제대로 쓰이지도 않고. 다들 제로베이스잖아요."

근데 너는 공부를 잘하잖아, 라는 아민의 말에 지원은 귀를 후비며 대답했다.

"공부가 밥 먹여 줘요? 굶지 않는 게 제 목표예요. 그리고 공부는 그 목표에서 가장 멀리 떨어져 있어요."

이상한 일이었다. '굶지 않는다'는 목표는 아민에게도 동일했다. 그 목표를 위해 공부를 해 왔던 것이기도 했다.

그런데 지원은 아민과 완전히 다른 길로 가려 하고 있었다. 그러니까 거칠게 말하자면, 아민이 가장 두려워했던 고시원 아저씨들 같은 미래로 직진하겠다고 마음먹은 것이다.

왜 지원은 자신과 다른 길로 가려고 하는 걸까? 자신보다 훨씬 대범한 성격이라서? 아니면 영재라고 불리는 자신보다는 성적이 조금 떨어져서?

그러나 지원은 공부가 '굶지 않는' 목표에서 '가장 멀리' 떨어져 있다고 말했다. '가장'.

이유를 알 수 없었다. 그러나 일단 지원의 장기 목표가 굶지 않는 것이라면, 아민의 단기 목표는 지원이 공부를 계속하도록 도와주는 것이었다. 그것이 지원의 엄마로부터 의뢰받은 바니까.

지원은 보면 볼수록 흠잡을 데 없었다. 성실했고, 예의도 발랐으며, 일상 이야길 늘어놓을 때면 흘끗흘끗 드러나는 친구들에 대한 배려와 애정도 대단했다.

무엇보다 그 애는, 진학에 대한 이야기를 나눌 때를 제외한다면 언제나 세상의 긍정적인 면에 먼저 주목했다. 그것이 아민과 제일 다른 점이었다. 아민은, 어쩌면 공부나 좀 잘할 뿐 우울하고 살갑지도 못한 자신보다 지원 같은 아이가 더 좋은 아들일 거라는 생각이 들었다.

실제로 지원은 아민에게 자주 물었다.

우리 엄마 잘 지내요? 식사는 잘 하세요? 혹시 어디서 무슨 일 하시는지 아세요? 어디 편찮으신 덴 없대요? 맨날 여기저기가 아프다고 끙끙 앓으셨거든요. 바닥에 누운 다음 저더러 발로 엄마 몸 여기저기 밟으라고 시키셨어요. 어렸을 땐 곧잘 밟았는데, 커서는 너무 두려운 거예요. 내가 이렇게 자랐는데 온 힘을 다해 밟으면 아프지 않을까? 그래서 살살 눌렀더니 바로 똑바로 하라며 호통을 치셨죠. 지금은 그렇게 밟아 줄 수 있는 사람이 없을 텐데, 그게 걱정돼요.

"그럼 엄마 뵈러 오면 되잖아? 혹시 주소를 모르니?"

아민이 묻자 지원은 고개를 저으며 대답했다.

"엄마가 절대 오지 말라고 했어요. 저를 보면 다시 집에 돌아갈 것 같다고요. 저도 동의하고요. 엄마가 집을 나갔다는 사실에 아빠는 이미 너무 화가 나 있으니까, 돌아오면 무슨 일이 생길지……. 그러니 보고 싶어도 참는 게 나아요."

"엄마랑 둘이서 살 생각은 안 해 봤니? 나도 아빠가 없어. 어디 갔는지 몰라. 그래서 엄마랑 둘이 살고 있었거든."

"'있었다'고요?"

아민은 지원에게 자신의 과거를 다 털어놓았다. 집이 불탔던 이야기까지. 그러자 지원은 조금 놀란 표정을 지었다. 하지만 이내 입꼬리를 밑으로 추욱 늘어뜨렸다. 치켜 올라간 모양의 눈매가 순간 아주 순하게 내려갔다.

"거봐요, 결국엔 돈이죠. 돈이 없으니까 그런 일이 벌어진 거라고요. 요새 지어진 건물들에는, 하다못해 원룸 빌라에도 다 화재 감지기가 있거든요? 친구들 집에 가 봐서 잘 알아요. 그런 게 있었다면 쌤이 겪은 일도 안 일어났겠죠. 지금 엄마랑 둘이 살면 뭘 어떻게 할 수 있겠어요? 그래서 얼른 돈을 벌고 싶은 거예요. 공부해서 돈을 번다? 지금부터 십 년은 더 걸려요. 그러고도 힘들 가능성이 높아요. 전 바보가 아니에요. 청년 실업률 몇 퍼센트, 이런 거 다 보고 있다고요. 등록금 간신히 내며 아등바등 대학 졸업해도 취직이 힘들다면, 차라리 푼돈을 받든 뭐 하든 빨리 기술 배워서 돈 버는 게 나아요. 물론 초반엔 힘들겠죠. 하지만 일단 연차가 쌓이면 대학 가는 것보다 훨씬 나을 거예요, 장기적으로."

어머니가 네 생각을 아시면 슬퍼하시지 않을까? 아민이 묻자 지원은 어쩔 수 없지요, 하지만 언젠가 제 돈으로 엄마와 둘이서 같이 살게 되는 날이 온다면 그땐 제 마음을 이해하실 거예요, 라고 말했다.

그날 과외가 끝난 후, 아민은 천천히 엄마의 병원으로 향했다. 머릿속에는 지원의 논리가 회오리바람처럼 몰아치고 있었다. 당장 자신부터 대학에 와서 출발선의 차이를, 애당초 세워져 있던 벽을 느끼고 있는데, 그걸 애써 모른 척하며 졸업만 하면 다 잘될 거라고 스스로를 속이는 것이 과연 옳은 일일까?

아니, 옳고 그르고를 떠나서, 지혜로운 일일까? 1학년을 보내는 것조차 이토록 쉽지 않은데 앞으로 삼 년을 어떻게 버텨 내야 할까. 그리고 그렇게 버텨 냈는데 정말로 취직이 안 되면, 그땐 어떻게 해야 하나. 내가 좋아하는 것이 무엇인지도 모른 채 그저 돈 하나만 보고 경영학과에 입학한 건데.

엄마는 여름쯤부터 아주 조금씩 언어 능력을 회복하고 있다. 다만 신체 능력은 아직 요원했다. 걸음을 걷지 못했으니. 의사는 이상하다고, 검사 결과는 아무런 문제가 없으니 심리적인 요인일 거라고 말하며 이렇게 덧붙였다.

환자가 원치 않아서 움직이지 않는 것일 가능성이 높은데, 병원에서 그 심리적 요인까지 치료해 줄 수는 없다고. 그러니 경제적 사정에 대한 충격을 주는 게 어떠하냐고.

주치의라는 작자가 엄마 앞에서, 딱 꼬집어서 그런 말을 했다.

말을 잘하지 못한다고 해서 듣지도 못하는 것은 아닐 텐데. 엄마는 그 말을 듣고 무슨 생각을 했을까. 아민은 그 의사를 엄벌하기 위해 자신이 어떤 일을 할 수 있는지 잠시 고민해 보았다.

아민이 대학에 가기 전이었다면 오히려 이런저런 공상을 할 수 있었을지 모른다. 가령······

모든 말을 몰래 녹음한 후 의사의 비인간적인 처사를 공론화한다. 그러나 부자가 되어야만 가능한 일이다. 불법 녹취로 소송을 당할 테니까.

심부름센터 사람을 고용해 의사의 치부를 캔 후 폭로하겠다고 협박한다. 그러나 부자가 되어야만 가능한 일이다. 의뢰비를 내야 할 테니까.

 아니면 아예 이 병원의 자금줄을 틀어쥔 사람이 된다. 어떤 직업을 가지면 그럴 수 있을까? 회계사는 그런 일을 할 수 있나? 아니면 이 지역구의 정치인이 되어야 하나? 정말 막장 드라마처럼 생각해 본다면, 내가 이 병원 설립자의 숨겨 둔 친아들일 수는 없나? 어쨌든 그런 사람이 되어 의사를 징계한다.

 말도 안 되는 공상이라는 것을, 어렸을 때의 아민은 몰랐을 것이다. 네가 마법사라는 편지를 가지고 온 부엉이가 창문을 두드리는 상상도 했는데, 뭘.

 그러나 지금은 확실히 안다. 그런 일들은 일어나지 않을 거고, 의사에게 받은 엄마의 상처를 되갚아 줄 방법은 없는 게 당연하며, 병원을 옮기고 싶어도 이 병원이 개중 가장 저렴한 곳이라 대안이 마땅찮단 사실을.

 아민은 병실로 들어섰다. 간병인을 두지 못한 지는 이미 오래였다. 엄마는 침대 위에서 혼자 뒤척거리며 시간을 보냈다. 좌로 그리고 우로 눕는 방향을 바꾸는 것 정도가 엄마의 최선이었다.

 "엄마, 나 왔어."

 엄마가 아민 쪽으로 상체를 숙였다. 하고픈 말을 하기 위해 입을 떼는 속도가 아직 더뎌서, 아민은 기다려야 했다. 잘 왔다, 오늘 하루는 어땠느냐 같은 말이라도 듣기 위해서는 속에서 치밀어 오르는 무언가를 꾹 참으며 버텨야 했다.

그러나 오늘은 자신이 하고 싶은 말이 있어서 온 것이었다. 이런 고민을 이야기할 사람이 아무도 없어서 엄마에게 물으러 온 것이었다.

아니, 아니다. 어쩌면 애처럼, 자신의 번뇌에 대한 책임을 엄마라는 타인에게 전가하고 싶었는지도 몰랐다. 내가 너무나 순진하게 잘못된 길을 선택한 것이 아닌가, 라는 벼락 같은 걱정을 뒤로 물리고 싶어서.

아민은 엄마에게 자초지종을 털어놓기 시작했다. 새 과외생과 그 애가 보이는 의외의 어른스러움 그리고 그런 말을 들으며 처음으로 자각하기 시작한 불안과 회의에 대해서. 다른 침대에 들릴세라, 엄마의 귀 바로 옆에서 아주 낮은 목소리로 속삭였다. 마지막에는 힘주어 물었다.

"내가 지금 대학에서 공부하는 게 부질없다고 느낀다면, 그래서 그냥 그 애 말대로 대학을 버리고 일하는 걸 택하겠다고 말한다면, 엄마는 어떻게 할 거야? 나를 응원해 줄 거야?"

그렇게 묻고 시계를 보니 병원에 온 지 이십 분이나 지나 있었다. 아민은 죄책감에 목과 어깨를 잔뜩 움츠렸다. 그러고 보니 엄마는 오늘 어떻게 지냈냐고 형식적인 질문조차 하지 않은 채 속마음만 이기적으로 늘어놓은 판국이었다. 비로소 정신이 든 아민이 이제 엄마의 오늘에 대해 물어야지, 라고 생각하는 순간, 엄마의 얼굴이 구겨졌다.

평생 단 한 번도, 심지어 화재 직후에도 보지 못한 표정이었다. 지옥이란 것의 존재 자체를 몰랐던 사람이 별안간 연옥에 갇혔을 때의 얼굴이 그리할까.

당황해서 뭐라고 말하기도 전에, 아민은 이상한 냄새를 맡았다. 이질적인 소리가 함께 들렸다.

화장실이 아닌 곳에서 벌어지는 상황이라고 믿고 싶지 않았기에, 무슨 냄새이며 소리인지 아민의 본능은 일부러 알지 못하는 것처럼 굴었다. 옆 침대의 간병인이 다가오기 전까지.

"옴마나, 이를 어쩌면 좋나. 망측하게 실수를 다 하셨네, 이 아줌마가!"

그러더니 예고도 없이 엄마의 이불을 홱 걷었다. 노랗고 축축하게 얼룩진 침대 시트가 드러났다. 엄마는 소리를 내며 울기 시작했고 간병인은 엄마의 등이며 어깨를 손바닥으로 사정없이 때리며 타박했다.

얼른 일어나라, 왜 안 하던 짓을 하고 이러느냐, 아들 보기에 부끄럽지도 않으냐, 나으려는 노력을 하나도 하지 않으니 매번 이런 실수를 하는 것이 아니냐…….

병실의 모든 사람이 시선을 감출 생각도 하지 않은 채 아민을 쳐다보았다. 아민은 그 눈길에 엄마에 대한 조소와 비난, 아니, 더 정확히 말하면 자신이 한때 고시원 사람들에게 가졌던 공포가 스며들어 있다고 느꼈다. 저기까지 내려가고 싶지 않다는 어리석은 마음. 자신이 위에 있다는 착각. 무서워하고 미워하면 다 해결될 것만 같은, 그런 마음.

아민은 자기도 모르게 간병인에게 달려들었다. 간병인의 손을 거칠게 잡아 뿌리치고서는 소리를 질렀다. 우리 엄마한테 왜 그래요? 우리 엄마 간병인도 아닌 주제에 왜 참견을 하냐고요. 사람이 아프면 실수도 할 수 있는 거지! 저쪽 침대 간병인이면 자기 환자나 신경을 쓰라고요! 라고.

"제가 다 할 수 있다고요. 다 해결할 수 있는데 왜 그쪽이 우리 엄마를 혼내는데요? 상관도 없는 사람이면서. 스트레스를 불쌍한 우리 엄마한테 푸는 거죠? 일하기 싫으니까, 누구 하나 괴롭히면 기분이 좋으니까. 그렇게 사시지 말라고요. 적어도 우리 엄마한테는 그러지 말라고요!"

씨근덕대며 한 말이 끝나자 병실의 공기가 싸늘히 내려앉았다. 아민은 본능적으로 자신을 향한 적의를 느꼈다. 아민의 말을 들은 간병인은 쓴웃음을 짓더니 아무 대답도 하지 않고 자리로 돌아갔다. 그의 담당 환자가 아민 쪽으로 고개를 돌리더니 낮은, 그러나 커다란 목소리로 중얼거렸다.

"자기가 코빼기도 안 비칠 때 누가 제 엄마 간병했는지 알면 저런 짓거리를 어떻게 하나. 됐어요, 됐어. 불쌍하다고 괜히 챙겨 줬다가 욕봤어요. 다시는 저쪽엔 얼씬조차 하지 말아요. 간병인도 안 됐으면서 사흘에 한 번 올까 말까 한 자식놈이 사정도 모르고 바락바락 대드는 것 좀 보아요. 싹수가 노랗네. 지금까지 돈도 안 받고 제 엄마 매일 챙겨 준 게 누군지도 모르면서."

엄마는 여전히 울고 있었다. 그리고 아민은 자신이 또다시 큰 실수를 저질렀음을 엄마의 표정을 통해 알고야 말았다.

그 표정을 본 적이 있다. 아민에게, 자신이 낳은 자식에게 애걸하는 얼굴. 아민이 자신의 자퇴를 막는 학교 측에 항의하려고 학교에서 어쭙잖은 자살 소동을 벌였던 날, 학교로 소환되었을 때 보였던 얼굴. 네가 또 나를 힘들게 만들고야 말았구나. 제발 그만하자, 그만해, 라는……

*

"그럼 어머니는 상황 다 마무리되기까지 아무런 말씀을 안 하신 거예요?"

"……응."

누구에게라도 이 이야기를 털어놓지 않고서는 견딜 수 없을 것 같았다. 그런데 그럴 수 있는 사람이 아무도 없어서, 아민은 결국 과외 쉬는 시간에 지원에게 마치 한풀이를 하듯 그날의 정황을 주절거렸다.

그래, 솔직히 말하면 그 애를 만만히 본 것도 이유 중 하나일 터였다. 겨우 돈 때문에. 시급 삼만 원짜리 과외생과 만 원짜리 과외생을 비교한다면, 아무래도 만 원짜리 쪽의 시간을 빌려 자신의 이야기를 하는 게 맞는 것 같았다. 전자의 시간은 수다 따위로 함부로 쓸 수 없으니까. 그러나 토로하고 나니 문득, 괜히 이야기했다는 생각도 들었다.

"자살 소동 얘기가 궁금한데요. 어떻게 하셨는데요?"

"별거 아니었어. 그때 교실이 5층이었는데, 창문 열고 창틀에 걸터앉아서는 떨어지겠다고 소리를 질렀지. 그 와중에도 창 앞에 설치된 스텐 안전봉 있잖아, 그건 꼭 붙들고 있었어. 무서워서. 그러니 누구나 알았을 거야, 그냥 쇼일 뿐이란 걸. 웃겨, 지금 돌이켜 보면. 가장 웃긴 건 그땐 정말 안 우스워 보일 거라고 확신했다는 거야. 다들 속으로 얼마나 비웃었을까? 배포도 없는 놈이 어디서 본 건 있어서 자의식에 쩔어서는 영화나 찍는다고."

"학교에서 징계 먹어요, 그러면?"

"잘 모르겠네, 곧 자퇴해서. 학교에서 엄마한테 권유하더라."

"그럼 쌤 어머니는요? 어머니는 어떻게 반응하셨어요?"

그러게. 아민은 그날을 떠올렸다.

엄마는 담임의 전화를 받고서 뚝배기들을 내팽개치고 학교에 왔다. 한창 손목이 좋지 않아 끙끙 앓았으면서 담임 앞에서는 힌번을 시원하게 돌리지 못했다. 두 주먹을 세게 쥐고 무릎 위에 얹어 놓고서는 조용히 담임과 다른 선생들의 설명을 들었다.

저렇게 주먹을 쥐려면 손목이 얼마나 아파야 할까. 아민은 교무실 한쪽 구석에 앉아 고개를 푹 수그리고 눈만 간신히 치켜올린 채 그 장면을 지켜보았다. 엄마가 읍소하는 것을 보고는 다시 눈을 질끈 감았지만.

다른 엄마들은 저러지 않는데. 아이가 잘못했어도 뚜벅뚜벅 와서는 "학교가 문제다. 학교 때문에 아이가 상처를 입었다"라고 일단 자식 편을 들어주는데.

엄마는 그러지 않았다. 아민은 그게 서러웠다. 엄마가 과도하게 눈치를 보는 게. 시시비비를 논하기 시작하면 무조건 손해를 볼 것이라고 지레짐작해 처음부터 납작 엎드리는 게.

그리고 담임의 이야기를 다 들은 엄마는 주먹을 그대로 쥔 채 벌떡 일어나더니, 아민에게 다가와서 일언반구도 없이 아민의 얼굴을 때렸다. 하나도 아프지 않았으나 소리는 컸다. 놀란 선생들이 몰려들어 엄마를 말렸다.

그때, 아민은 그게 엄마의 생존 방식임을 깨달았다. 분명 징계를 받을 상황이었으나, 엄마의 그 행동이 면죄부가 되었다. 직후에 아민이 결국 자퇴하면서 다 뜻 없는 과거가 되고 말았지만.

엄마에겐 아민 말고도 힘든 일이 너무나 많았기에 편을 들어줄 여력조차 남지 않았었다는 걸, 당시의 아민은 사실 너무나도 잘 알고 있었다. 아는데도 그런 투정을 부렸다. 그걸 몇 년이나 후회하고 있는데, 또다시 똑같은 일을 벌이고야 말았다. 심지어 엄마가 그때보다 더 힘들 때.

아민은 얼른 화제를 돌렸다.

"어쨌든 학교는 다시 생각해. 고등학교 나와서 일자리 찾아도 안 늦어."

"그럼 특성화고 갈래요."

"음…… 물론 특성화고도 좋긴 한데."

"좋긴 한데 우리 엄마가 싫어할 거다, 그거죠?"

"아니…… 내가 고시원 아저씨들한테 들었는데, 똑같은 직무여도 특성화랑, 일반고 혹은 대졸 출신은 대우 차이가 난대. 그러니 일단 일반고 가는 게 낫지 않을까……."

다 거짓말이었다. 아민은 성현이 사라진 후 다시 아무와도 이야기하지 않는 외톨이가 되었으니까. 그저 지원의 마음을 돌려 보려는 뻔하고 얕은 수작이었달까.

지원은 웃으며 저도 다 알아요, 하고 말했다.

"그런 주장들, 다 알아요. 그런데 웃기죠? 일반고에서 어쭙잖은 대학 간 동네 형들이 전부 그러더라고요. 특성화고 가서 돈 벌 걸 그랬다고, 대학 나와도 취직 할 데가 없다고. 어차피 어떤 길을 택하든 그 길을 가지 않은 상대를 부러워하게 되어 있어요. 그럼 돈이라도 빨리 벌어서 독립하고 싶어요. 세상이 변했는데 우리 엄마는 아직도 몰라요. 쌤도 모르고. 이해는 해요. 쌤은 어쨌거나 톱클래스잖아요? 지금 집은 가난해도, 멀리서 희망이란 게 번쩍번쩍 빛나는 거죠. 저에겐 그런 게 없어요. 너무 평범하니까. 그러니 빨리 현실 인식을 하는 것이 여러모로 낫죠."

그 말을 들은 아민은 물었다. 너, 내 생각이 너무 어린 것 같니? 그러자 지원이 대답했다. 쌤은 그래도 되죠. 명문대생이잖아요?

"하지만 나도 너와 똑같은 생각을 하고 있어, 내내. 막상 대학에 와 보니 그간 사람들이 내게 주입했던 성공 신화가 어디 있는지 잘 모르겠어. 좋은 대학만 가면 앞날이 편다는 말들, 다 예전 이야기였어. 지금은 달라. 출발점 자체가 말이야. 분명 내 학점이 더 좋은데, 아무도 나를 본 척하지 않아. 투명 인간 취급하지. 자기들끼리 놀고, 가끔 공모전 좀 하고, 그러다 파티도 하고. 그러면서 카르텔을 만들더라고. 나는 배제하고."

이렇게까지 솔직한 적은 없었는데. 아민은 말을 끝내고서는 눈을 질끈 감았다. 자신이 지금껏 알면서도, 그래서 미치도록 상처받았으면서도 더 상처받기 싫어 입 밖으로 내지 않은 진실을 마침내 토해 낸 기분이었다.

그리고 그제야 깨달았다. 계속 누군가에게 이런 말을 하고 싶었다는 사실을.

그러나 그 대상이 지원인 것이 과연 옳을까, 에 생각이 닿자 후회스러웠다. 어쨌거나 지원은 세상을 긍정적으로 보려고 노력하는 애니까. 게다가 지원의 엄마는 그런 희망을 가지고 있을 테니까. 만약 엄마가 혼자 그 고시원에 산다고 상상한다면, 그 고시원에 사는 누군가가 엄마의 희망을 꺾는 짓을 해 버린다면…… 아민은 그를 용서할 수 없을 테니까.

그래서 다시 정정했다.

"하지만 그건 내가 음침하고 사회성이 없어서 그런 거지, 너는 좀 다를 거 같긴 해. 잘 살아남을 것 같아. 사람들에게 사랑받으면서."

*

지원의 과외가 끝난 후 고시원에 돌아가면 매일 지원의 엄마가 부엌에서 전전긍긍 서성이고 있었다. 그는 아민이 부엌에 들어서면 뛸 듯이 반가워하며 오늘은 무슨 일이 있었는지, 아들이 뭘 배웠는지 그리고 어떻게 살고 있는지 물었다. 아민은 언제나 칭찬만 했다. 아이가 얼마나 어른스럽고 예의 바른지, 학업에 대한 몰입도가 얼마나 뛰어난지.

모두 사실이었다. 중졸로 학업을 마감하거나, 백 번 양보해 특성화 고등학교에 가고 싶어 한다는 점을 제외하면 지원은 언제나 공부에 열심이었으니까.

그러나 오늘은 아민이 이야기를 다 해 주었는데도 지원의 엄마는 성에 차지 않은 듯 부엌을 떠나지 않았다. 아민은 그가 무얼 원하는 건지 파악하지 못해 한참 고개를 갸웃거렸다. 그러고는 물으려 했다. 더 궁금하신 게 있나요? 라고.

그 순간, 부엌에 누군가가 들어왔다. 사공의 병원에 함께 갔던 남자였다.

아민은 지금껏 각고의 노력을 기울여 그를 피해 왔다. 그날 그 병실에서, 진실을 마침내 알게 된 그가 자신을 바라보던 눈빛을 잊을 수 없어서였다. 그가 어디서 일하는지, 언제 출퇴근하는지 알았기 때문에 그가 공용 욕실이나 부엌을 쓸 만한 시간은 최대한 피해서 이용했다. 가끔 화장실에서 마주치면 일부러 바닥만 응시하며 보지 못한 척했다.

그런데 여기서 마주치다니.

얼른 대화를 끝내고 싶었다. 하지만 지원의 엄마는 아민에게서 무언가를 더 듣고자 하는 게 분명했다.

남자가 헛기침을 하며 밥을 폈다. 왜 이 시간에 식사를 하지? 분명 근무를 하고 있어야 할 시간대인데. 아민은 난감해졌다. 그래서 벌떡 일어섰다. 남자가 아직 밥솥 앞에 있으니 얼른 벗어날 수 있을 터였다.

그러나 그때, 지원의 엄마가 마침내 결심한 듯 물었다.

"……혹시, 최근에 아빠한테 맞은 것 같아 보이던가요, 애가? 그렇다면 얼마나? 조금? 아니면 많이?"

그러고는 이어 말했다.

"저를 너무 미워하지는 않던가요? 아니, 미워해도 좋은데, 엄마 얘기를 하던가요?"

아민은 자리에 털썩 주저앉았다. 이런 질문을 듣고서도 그를 버려둔 채 부엌을 떠나는 것은 정말로 쓰레기 같은 짓이었으니까. 밥과 김치를 들고 멀찍이 떨어진 곳에 자리를 잡은 남자가 이쪽을 쳐다보았으나, 지원의 엄마는 그를 아랑곳하지 않는 듯 보였다. 그리고 아민에게는, 대답할 의무가 있었다.

"맞은 것 같진 않아요. 아직 더운지 민소매를 입고 다니는데 별 상처를 보지 못했거든요. 어머님을 사랑하는 건 너무나 분명했고요. 제가 장담하는데, 그 나이대 남자애 중에서 어머니를 그렇게 생각하는 애도 흔치 않을 거예요. 그러니 너무 걱정 안 하셔도 돼요. 제가 계속 잘 지켜볼게요."

그러자 지원의 엄마는 겨우 다시 앉아서 주먹을 꼭 쥐고 고개를 푹 숙였다.

그 모습을 보지 않으려고 고개를 돌린 아민은 그만 남자와 눈이 마주치고 말았다. 남자는 시선을 숨길 생각도 없이 아민을 물끄러미 노려보고 있었다.

아민은 얼른 눈꺼풀을 내리깔았다. 그러면서 지원의 엄마에게 재차 말했다. 어머님, 걱정 마세요, 지원이 제가 잘 가르칠게요, 라고.

지원의 엄마는 고개를 끄덕거렸다. 그리고 동시에, 저쪽에서 남자의 목소리가 들려왔다.

"그 사람 이름은 '어머님'이 아니야."

아민은 듣지 못한 척하며 지원의 엄마에게 먼저 가겠습니다,

라고 말했다. 그러자 드르륵, 의자 끌리는 소리를 내며 남자가 벌떡 일어서서는 눈 깜짝할 사이에 아민 앞에 섰다. 유약한 아민으로서는 따라잡지 못할 속도였다.

"말했지, 그 사람 이름은 어머님이 아니라고. 왜 이름을 묻지 않지?"

그러자 옆에서 지원의 엄마가 그만해, 정혁 씨! 라고 외치며 그의 손목을 잡아채고선 화를 내기 시작했다. 이 남자 이름이 정혁이구나. 그것조차도 아민은 비로소 알았다.

아민은 질문에 대답하지 않은 채 지원의 엄마에게만 다음에 뵐게요, 라고 말하고서는 서둘러 그 자리를 벗어났다. 마구 뛰어서 방에 도착했다. 뜀박질 소리가 거셌는지 옆방에서 신경질적으로 벽을 탕탕 쳐 댔다.

아민은 침대에 벌러덩 드러누웠다. 나는 잘못이 없는데 저 정혁인지 뭔지는 왜 난리람, 이라고 생각하니 다 거지 같았다.

그 사람 이름은 어머님이 아니야, 라니. 그럼 과외생 어머니를 어머님이라고 부르지 달리 뭐라 칭한단 말인가? 아민은 분에 차서 조금씩 몸을 떨었다.

그러다 문득 허리가 아프지 않다는 사실을 깨달았다. 억울함과 화가 진통제 역할을 하는 것일지도 몰랐다. 피식 웃음이 터져 나왔다. 정말이지 어처구니가 없었다. 이런…… 몸이라는 게.

*

 과 사람들이 교육 봉사를 한다며 팀을 짰다는 것을 아민은 전혀 몰랐다. 난데없이 웬 교육 봉사인가 하니, 아민이 신청하지 않은 노교수의 수업에서 그가 이기적인 요새 젊은이들을 한참 꾸짖더니 별안간 외부 일정을 잡아 버렸다고 했다. 사회적 환원을 하지 않는 경제 경영인은 사회악이 될 가능성이 높다나.

 갑작스러운 커리큘럼 변경에 몇몇이 항의할 법도 했으나, 그러기에 노교수는 너무나 거장이었다. 뭐라도 되려면 그 앞에서 방긋방긋 웃어야 하는 그런 대상.

 그 수업의 수강생들은 노교수의 지시에 따라 서울에서 가장 낙후한 동네의 공부방을 찾아갔다. 하교 후 누구도 돌봐 주지 않는 초등학생이나 중학생이 머무르는 곳이었다. 거기서 공부를 가르치거나 상담이란 명목 아래 수다를 떠는 것이 봉사의 골자였고, 그동안 노교수는 그 모습을 찰칵찰칵 찍어 댔다.

 그리고 그 자리에서 난데없이 지원의 이름이 튀어나왔다. 일회성 봉사를 하러 온 뜨내기 봉사자들을 치켜세우며 너희는 이런 선생님들을 오늘이 아니면 평생 만나지 못할 거라고, 대단한 '천재 명문대생들'이 여러분을 위해 시간을 내줬다고 열성적으로 상찬을 퍼붓던 공부방 선생을 팔짱 낀 채 노려보던 아이 하나가 별안간 중얼거린 것이었다.

"우리 반에도 저 과 대학생한테 과외받는 애 있어요. 민지원이라는 애. 한 달에 겨우 이십만 원 준다는데? 그럼 그렇게 대단한 건 아니지 않아요? 솔직히 나라면 버거킹 알바 뛰어서 그 샘한테 과외받겠다. 봉사하는 사람들보다 훨씬 열심히 할 거 아니에요."

아마도 그렇게 말했을 것이다. 아민의 추측일 뿐이다. 아민은 그 이야기를, 성난 과 사람들에게 둘러싸인 채 전해 들은 파편만 가지고 끼워 맞춰야만 했으니까. 그들이 화가 난 이유는 간략히 표현하자면, '우리 집단의 가치를 낮췄다'는 것이었다.

한 달에 이십만 원짜리 수업은 '싸구려 학습지 교사' 따위나 하는 거다, 왜 그런 독단적인 행동으로 우리 학교와 과 전체를 우습게 만드느냐, 하다못해 재래시장 가게끼리도 '상도덕'이 있다, 혹여나 그런 짓을 하며 도덕적 우월감이라도 느끼려는 거라면 일찌감치 꿈 깨라, 이미 그 애도 너를 우습게 보고 있으니까. 그런 말들이 아민의 몸을 향해 쏟아졌다.

마치…… 마치 유정의 등을 때리던 공들처럼.

아민은 지원의 가정 환경을 토로하며 항변했으나 누군가가 아민의 말을 딱 자르더니 이렇게 내뱉었다. 그렇게 불쌍하면 우리처럼 무급으로 봉사를 하라고, 인마. 돈을 받지 말고!

그때 아민은 처음으로 그들에게 대들었다. 더는 참을 수가 없었다.

"무급으로 봉사요? 형들은 그게 쉽겠죠. 나는 아니에요. 나는 돈을 받아야 돼요. 형편 안 좋은 거 빤히 알고, 그딴 이유로 나를 맨날 따돌렸으면서 왜 이제 와서 같은 취급을 해요?"

"그럼 씨발, 그때 개처럼 비싸게 받고 과외를 하라고. 왜 재래시장에서 떨이하는 것처럼 파냐고."

"'그때 개'?"

아민이 비명을 질렀다. 그 말을 한 동기의 허리를 누군가가 툭 쳤다. 그러고는 잇새로 속삭였다. 왜 필요 없는 말을 하냐, 새꺄. 하여간 넌 생각이 없어.

"당신들은 미쳤어."

아민의 목소리가 덜덜 떨렸다.

"당신들 같은 사람들이 나중에 위에 올라가서는 다른 사람들을 함부로 부리겠지. 떵떵대면서 잘 살겠지. 그 사람들이 일하다가 다치고 죽어도 모르겠지. 난 이런 집단엔 더 있을 수가 없어. 나랑 같은 수준이라고 말할 수 없다고!"

좌중이 조용해졌다. 하지만 곧 압력밥솥에서 김 새는 소리가 났다. 피이, 피식, 하던 소리는 곧 와하하, 하는 폭소로 변했다.

한참 배를 잡고 웃던 이들이 조금 진정되고 나서야 한 사람이 아민의 어깨에 팔을 올리더니 말했다.

"미안한데, 그때 죽은 개는 집이 꽤 잘사는 애였지, 아마? 책임지지 않는 조건으로 너도 돈을 받았을 텐데. 그치? 그리고, 뭐? 일하다가 다치고 죽는 사람들? 내가 교수님한테 익히 들었는데, 너 그 고시원에서 여론이 엄청 안 좋다던데? 잘난 척한다고."

그러고는 아민의 머리를 쓰다듬으며 중얼거리는 것이었다.

"형으로서 맹세할게. 나는 가난 혐오는 절대 하지 않고, 오히려 가난한 사람들을 도와야 한다고 생각하며, 더 높은 사회 계층으로 올라갈 수 있는 사다리도 여기저기 잘 설치되어 있어야 한다고 생각해. 나는 그런 사람이고 여기 있는 네 동기들도 다 마찬가지야. 네가 생각한 것만큼 악마가 아니다, 이거야. 다만……."

아민은 반박하려고 했다. 그러나.

"다만 네 말과 행동이 일치하지 않는다는 것을 네가 알지 못하는 게 기분이 나쁜 거야. 너는 존나 잘살고 싶은데 아닌 척하잖아. 혼자 고결한 척하면서 남들을 깔아뭉개잖아……."

아민은 자신을 바라보는 수많은 눈동자 중 어떤 것에 초점을 맞춰야 할지 몰라 고개를 떨궜다. 정수리 위로 아픈 말들이 끊임없이 쏟아졌다.

"진짜로 경영 배우고 싶어서 들어온 것도 아니고 그냥 돈 되는 과에 온 거면서 괜히 선비 시늉은……."

*

그렇게 욕을 한참 먹고 나서는 노교수의 연구실에 불려 갔다. 여름 방학 때의 사건 후로 처음 마주하는 셈이었다. 노교수는 얄

굳은 냄새가 나는 차를 천천히 내려 주더니 아민에게 말했다.

"공부만 하라고 좋은 자리를 줬더니 그걸 뻥 차 버려서, 뭔가 다른 수가 있는 줄 알았네. 이게 뭐 하는 짓인가?"

네? 아민이 얼떨떨해져 되묻자 그가 정색을 했다.

"나를 속이기 위해 자네의 가난을 과장한 것이었나? 그렇지 않다면 왜 돈 잘 주는 좋은 과외 자리를 마다하고 스스로 몸값을 낮추는 짓을 하는 거지?"

어떤 사고를 거쳐야 자신이 가난을 과장하고 있다는 결론에 도달할 수 있는 것일까? 아민은 도대체 이해할 수 없었다. 갑자기 치솟는 눈물을 참기 위해 고개를 들어 천장을 쳐다보았다.

무슨 대답을 해야 할지 모르던 찰나 노교수가 만약 가난을 부풀린 거라면, 이라고 다시 말을 이었다. 아민은 자기도 모르게 그의 말을 잘랐다.

"부풀린 가난이 아닙니다."

"아니라고? 하지만 모든 정황이 그렇게 말하고 있지 않나. 진짜 가난하다면 내 조카 과외를 그만두지 않았겠지. 실컷 자네 편의를 봐준 내가 개설한 수업에 수강 신청조차 안 하지는 않았겠지. 그 일이 동료 교수들 사이에서 얼마나 나를 창피하게 만드는 것인지 모르지도 않을 거면서."

몰랐다. 정말로 몰랐다. 수강 신청을 하던 당시 아민의 머릿속에는 온통 노교수의 숨겨 둔 아들 생각밖에 없었으니까. 사공의 비밀을 알게 된 이상 노교수의 얼굴을 마주 볼 수 없다는 마음밖에 존재하지 않았으니까. 그러나 아민은 그에게 차마 그 말까지는 하고 싶지 않았다.

"좌우지간, 자네가 그렇게 물을 흐리면 우리 학교와 학과의 이미지가 실추되는 거나 마찬가지네. 이미 듣지 않았나. 그 달동네 공부방 애들조차 자기들을 가르치러 온 봉사자를 소중한 줄 모르고 함부로 대했네. 자네 때문에 말이야. 그걸 꼭 알아두고, 웬만하면 그 일은 그만두게. 학생들에게도 사과하고."

'나' 때문에? 아민은 동기들과의 언쟁 이후 지금껏 입을 꾹 다물어 왔다. 그러나 교수 앞에서는 항변하고 싶었다.

"하지만 제게도 이유가 있습니다. 그 애의 집이 아주 가난해요. 엄마는 가출해서 고시원에서 혼자 사시고요. 아이 아버지는 자식 교육에 그 어떤 의지도 없습니다. 엄마가 홀로 일해서 번 돈을 과외비로 주시는 중입니다. 그런데 어떻게 남들만큼 받을 수 있겠어요?"

한 번 입이 터지자 봇물처럼 평소 생각들이 흘러나왔다.

"게다가 원래도 저는 과외로 버는 돈이 제가 하는 일에 비해 너무 과하다고 느껴왔어요. 양심적으로요. 저희 어머니가 뚝배기 설거지하면서 받은 시급이 얼만지 생각하면요. 고시원, 그러니까 교수님께서 소유하신 바로 그곳 사람들이 몸 다쳐 가며 일해서 받는 시급이 얼만지 헤아려 보면요. 제가 제 양심에 맞는 금액만 받아 가며 아르바이트를 하는 것이 왜 문제가 되나요? 심지어 그럼에도 불구하고 남들보다 시급이 높은데요."

 너무 많이 말했나. 열에 들떠 마구 내뱉던 아민은 순간 입을 딱 다물었다. 노교수 앞에서 이렇게 자기 생각을 필터 없이 토로한 적은 처음이었다. 보통은 항상, 웃고, 동조하고, 납작 엎드렸으니까. 그가 자신에게 보이는 애정과 내려 주는 특혜에 감읍하며 지냈으니까. 성현의 가출 사건이 있기 전까지는.

 노교수가 책상 위의 문진을 가만히 쥐었다가 다시 내려놓았다. 그러고는 차가운 목소리로 말했다.

 "나가게."

 그러고는 덧붙였다.

 "기억하게. 자네는 그저 자네의 우월성을 확인하기 위해 그런 길을 택했을 뿐이야. 스스로의 능력에 부족함을 느끼고 자존감이 낮아지니, 양심을 전시하고 남들을 깎아내린다는 가장 쉬운 방법을 선택한 거지. 그러나 자네보다 훨씬 오래 산 입장에서 보자면 아주 우스꽝스러운 자승자박에 불과해. 봉사와 이타적인 정신, 좋지. 모두가 자네에게 박수를 쳐 줄 것이네. 그러나 동시에 자네를 껄끄러워할 것이네. 왜? 자네의 과시가 마치 남들을 타박하는 것처럼 느껴지니까. 그리고 사실 그것이 자네의 목표 아닌가? 자네를 따돌리는 동기들을 인간적이지 않다고 매도하면 자네 마음이 편해지니까. 어제 꽤 격한 언쟁을 벌였다지, 아마?"

아민은 인사도 하지 않고 자리에서 벌떡 일어나서 뒤돌아 걸었다. 교수의 마지막 말 때문이었다.

"자네 어머니가 아파서 병원에 있다고? 나중에 어디든 면접 가서 실컷 그 얘길 떠들어 보게. 아무도 듣지 않아. 누구도 개인의 사정을 들어줄 마음은 없네. 모든 사정보다 위에 있는 건 데이터화된 능력이고, 그 파라미터 중 하나가 집단이지. 자네는 그 어쭙잖은 양심과 과시욕으로 우리 과 모두의 자리를 끌어내리려 한 거네. 용납할 수 없는 게 너무나 당연하지 않나?"

연구실을 나서면서 아민은 비로소 확신하게 되었다. 그저 돈을 많이 벌어 다시는 가난을 겪고 싶지 않아요, 라는 일념으로 이 캠퍼스에 발을 들인 자신이 얼마나 순진한 바보였는지를. 학위를 이용해 돈을 벌겠다는 욕망에는 같이 학위를 얻는 집단의 규칙에 익숙해져야 한다는 필요조건이 있다는 것을.

그렇다. 결국엔 아민이 반항과 자퇴를 통해 어떻게든 피해 온 집단의 논리에 다시금 복속되어야만 하는 셈이었다.

하지만 아민은 자신이 타협할 수 없는 사람이 되었다는 사실을 마침내 깨달았다. 그러면 이제 어떻게 해야 한단 말인가? 그저 가난의 굴레에서 벗어나기 위해 가장 돈을 잘 번다는 이 전공을 택한 나는, 이제 어떻게 살아야 한단 말인가?

누구에게도 물을 수 없었다. 이 질문을 던질 수 있을 정도로 내가 믿는 사람이 있을까. 그리고 그 질문에 대해 기만이라고, 세상을 몰라서 그렇다고, 아직도 배가 부른 거냐고 호통치지 않을 누군가가 있을까. 아민은 아무리 머리를 굴려도 알 수 없었다.

*

무사히 두 달을 꼬박 채운 후 세 번째 달로 넘어가는 첫 과외일, 아민은 지원에게서 메시지를 받았다. 아버지가 갑자기 일찍 퇴근했으니 오늘 수업은 다음으로 미루자는 내용이었다. 지원답지 않게 이모티콘도 없는 단문이었다. 급히 보낸 티가 풍겼다.

그러나 수업 시간까지 겨우 십 분 남은 때라 지원의 집에 거의 도착한 참이었다. 아민은 어떻게 할지 고민하다가 어떤 생각에 미쳤다. 한 번만, 단 한 번만 지원의 아버지를 훔쳐보자. 그 애의 엄마가 내비쳤던 대로라면 제게는 지원의 사정을 명확히 알고 보호해야 할 의무가 주어진 거나 마찬가지였다. 그러니 과외비 받은 값을 해야 했다.

아니, 아니다. 사실은 그저 궁금했을지도 모른다. 매일 일정한 시간에 출퇴근하는 사무직 아버지를 둔 아이가 어째서 반지하에 사는 것인지, 아민의 입장에서는 이해가 되지 않았으니까.

책상머리에서 일하는 사람은 보통 꽤 많은 돈을 버는 거 아닌가? 심지어 재활용 봉투 안 양주 병도 매일 바뀌는데. 그런데 왜 반지하에 살며, 왜 아내와 자식을 때리는 건가?

아민의 세상에서는 오롯이 돈만이 문제였기에 받아들일 수 없는 노릇이었다. 그러니 알아야만 했다.

아민은 지원이 사는 주택 옆에 놓인 헌 옷 수거함에 대충 기대어 기다렸다. 지원이 알면 소스라칠 수도 있겠으나, 어차피 반지하에서는 보일 리 없는 곳이니 안심이었다. 날씨가 좋아 하루 종일 기다릴 수도 있을 것 같았다.

오후 네 시가 조금 넘은 시각, 골목 어귀에 누군가가 모습을 드러냈다. 흥얼흥얼 노래를 부르고 있었는데 소리가 너무 커서 마치 고함 같았다. 이런 주택가에서 대낮에 저 정도의 데시벨로 고성방가를 할 수 있는 위인이라면 제정신은 아니겠다 싶어 황급히 몸을 낮추던 아민은 문득 생각했다. 담배.

그래, 담배라면 괜찮을 것 같다. 고시원 사람들도 항상 옥상에서 함께 담배를 피우며 서로에게 흉금을 터놓고는 하니까.

아민은 급히 아스팔트 위를 훑어보았고, 곧 즐비한 꽁초들 중 제법 멀쩡한 형태를 유지한 것을 찾아냈다. 그것을 얼른 검지와 중지 사이에 끼웠다. 아무래도 포즈가 어설펐으나 그것만으로도 적잖이 안심이 되었다.

그러나 이제 숫제 공격적으로 변한 노랫소리가 가까워지고, 마침내 노래의 주인이 코너를 돌아 아민의 시야에 들어왔을 때, 아민은 숨을 멈추었다.

"브라보, 브라보 마이 라이프, 나의 인생아……."

노래를 부르는 남자는 아민이 아는 사람이었다.

"엇? 엇? 어허, 거 말이야, 고등학생이 담배를 피우면 어떻게 하냐, 어!"

남자가 버럭 소리를 쳤다. 아민은 손이 덜덜 떨리는 걸 감추려고 손목에 힘을 주고 말했다. 저기, 저 고등학생 아니거든요. 대학생이거든요.

그러자 그는 웃음을 터뜨리더니 미안합니다, 하고 고개 숙여 사과했다. 아민은 그의 입에서 진득한 술 냄새를 맡았다. 더불어 그가 미안하다는 말을 할 줄을 모르는 사람임을 기억해 냈다. 그는 분명히 그런 사람이었다. 아민에게는, 아민과 비슷한 나이대의 '학생'에게는 모두.

"대학생이면은, 괜찮지요오. 그, 저, 옆에서 한 대 같이 피워도 되겠습니까?"

예, 하고 아민은 자리를 비켜 주었다. 그는 바짓가랑이에서 썩썩 소리를 내며 옆에 와서는 담배에 불을 붙였다. 아민이 익숙지 않은 담배 연기에 기침을 하자 감기에 걸렸느냐며 사려 깊은 걱정까지 해 주었다. 아민은 그에게서 한 번도 그런 식의 배려를 받아본 적이 없었는데.

"몇 살입니까?"

그가 불쑥 물었다. 아민은 스무 살이요, 하고 대답했다. 그가 자신을 알아보지 못한다는 사실이 아직도 꿈만 같았다.

"아주 한창 나이네. 여자 친구는 있고?"

"……아니요."

"거 훤칠하게 잘생긴 청년이 여자 친구가 왜 없어? 젊음을 완전 낭비하고 있구만! 자고로 남자란 말이야, 자기를 하늘처럼 우러러봐 주는 여자가 있어야……."

그러더니 우욱, 하고 헛구역질을 했다. 혹시 구토라도 할까 싶어 아민은 그에게서 아주 조금 멀어졌다. 그러나 그의 입 밖으로 나온 것은 구취 가득한 침뿐이었다.

그가 고개를 절레절레 흔들더니 아니, 아니다, 하고 말을 정정했다.

"아니다! 차라리 없는 게 나아. 요새는 여자들이고 애들이고 다 사리 분별할 줄도 모르면서 빽빽 소리나 지르지. 차라리 그냥 싹 다 죽여 버려야 해, 어?"

아민은 그의 고성을 막고 싶어서 자신이 할 수 있는 한 가장 차분하고 유들유들한 목소리로, 애들이요? 하고 물었다. 그러나 역부족이었다.

"그래, 애들! 내가, 어? 이래 봬도 중학교에서 교감이 될 뻔했던 사람이야, 어? 알아? 그런데 애새끼들이 점점 싸가지가 없어지더니, 어? 소송, 소송을 걸었어요. 겨우 중학교 2학년짜리가 나한테. 내가 뭘 했다고, 어? 나는 교감 될 사람이었다고. 이사장이 나 교감 만들어 주겠다고 했다고! 그런데 뭐? 허위 사실 유포로 명예 훼손에 학대? 씨펄."

당신은 더 나빠졌구나. 더 괴물이 되었구나. 뭐, 놀랄 일은 아니지, 라고 아민이 생각하는데 그가 이어 투덜거렸다.

"……이게 다 그 새끼를 그냥 보내 줘서야. 자기가 좀 똑똑한 것 같다고 잘난 척하던 새끼. 왕따를 당하는데도 왜 그런지 모르고 자기 생각만 하던 새끼. 그 새끼를 족쳤어야 하는데. 원하는 대로 해 줬다는 소문이 나도니까 이 난리가 나는 거지, 씨발."

아민은 불도 안 붙은 더러운 꽁초를 입에 물려다가 우뚝 멈추었다.

"그 새끼가 아주 처참하게 망해야 하는데. 내가 평생을 기도할 거야, 그 찢어 죽일 새끼가 정말로 찢겨 죽기를. 그런데 웃긴 게 뭔 줄 알아요?"

"……뭔데요?"

"그 새끼 얼굴도 이름도 기억이 안 나요. 교직 경력이 삼십 년이야, 내가. 나를 거쳐 간 제자가 천 명이 넘어요. 그 새끼가 자기 주장대로 천재였으면 당연히 기억을 하지. 나도 삼십 년 동안 가르치면서 똑똑했던 애들은 다 기억해요. 그 새끼는 기억을 못 할 정도로 평범한 새끼였던 거야. 그런데 겨우 그런 새끼가 그 지랄을 떨어서, 다른 놈들이 다 배워서는 결국 내 모든 걸 망쳤다고."

그렇구나. 당신은, 나를 기억하지 못하는구나.

열일곱, 가을: 아민과 지원

그는 아민이 살면서 가장 괴로워하던 해의 담임이었다. 그저 학교만 졸업하게 해 달라며 읍소하는 아민의 엄마가 권리 따위 챙길 줄 모르는, 다른 학부모들과의 연락망에서조차 누락된 사람이라는 것을 그는 바로 알아봤다. 그리고 아민이 학교에 부적응하는 모습을 보일 때마다 엄마를 불러 잡도리했다.

이유야 불 보듯 뻔했다. 자기 학급에서 자퇴생이 나오면 이사장에게 잘못 보인다. 그거 하나였다.

아민은 결국 그해에 자퇴하지 못했다. 엄마가 매일같이 눈물로 막았으니까.

다음 해의 담임은 괜찮은 사람이었다. 그런데도 아민에게 불이익을 줄 것이 너무나 미안하다며 아민의 엄마는 내내 할 필요가 없는 걱정을 늘어놓았다.

그런데 뭐? 원하는 대로 해 줬다고? 처참하게 망하기를 기도한다고? 찢겨 죽길 바란다고?

그래, 그런 법이다. 피해자는 잊지 못하는데 가해자는 기억하지 못한다. 자신의 논리를 재고하기보다는 자신을 거역한 누군가에게 모든 책임을 돌린다.

학생에게 소송을 당했다고? 안 봐도 뻔했다. 그는 그러고도 남을 사람이다. 그런데 그게 내 탓이라니. 아민은 기가 막혔다. 그러나 담임이 자신을 알아보는 것보다는 이편이 나을지도 몰랐다. 아직도 그가 두려웠으니까.

그런데……

"자아, 그럼 다 피웠으니까 나는 이만 들어가겠어. 너는…… 필터가 타들어 가도록 담배를 태우는구만? 하긴 이 동네 사는 애들이 뭐, 돈이 있겠어? 내가 이 동네까지 떨어질 줄은 정말로……."

호칭이 어느새 '너'로, 어미는 반말로 바뀌어 있었다. 그는 그 말을 남기고 휘적휘적 걸어가더니, 다시 돌아와 멱살을 잡듯 아민에게 가까이 붙어서는 중얼거렸다.

"내가 아까 말했지? 여자든 애들이든 싹 다 없는 게 낫다고. 내가 인생 선배란 말이야아. 이래 봬도 학교 선생이란 말이야! 이게 바로 인생의 진리야. 인생의 가르침이라고. 알겠어? 엉?"

그러더니 팩 등을 돌리고서는 갈지자로 걸어 아민이 아는 현관을 지나, 아민이 아는 계단을 엉금엉금 내려갔다. 올라가는 것이 아니라, 땅 밑으로 천천히.

아민이 아는 한, 저 밑에는 단 한 가구만 살고 있다. 나머지 방은 모두 창고니까. 창고가 아닌 방에는, 단 한 가구만이…….

"민지원, 나와! 나와, 이 새끼야! 뼈 바쳐 돈 벌어다 주는 아버지가 오셨으면 나와서 절을 해야 할 거 아니야, 새끼야! 아무것도 못 하는 등신 같은 새끼가, 아버지 알기를 개똥같이 알고……."

아민은 서둘러 그 자리를 떠났다. 발이 저절로 움직였다. 무슨 일이 생기는지 알아봐야겠다는, 그래서 지원의 엄마가 했던 물음에 대답해야 한다는 생각 같은 건 눈곱만큼도 들지 않았다. 그저 벗어나고 싶었다. 그 사람의 그림자에게서. 그가 내린 저주로부터. 피해자가 하나 더 생긴다면 자신의 에너지를 소진해 가며 연대해야만 한다는 책임감과 양심으로부터, 달아나고 싶었다.

정신을 차려 보니 고시원 방 안이었다. 그제야 아민은 지원의 엄마에게 자초지종을 물어야 한다는 생각을 해낼 수 있었다. 아민은 픽션을 믿지 않았다. 개츠비의 셔츠 위에서 우는 데이지의 모습을 제외하고는. 물론 그 작품이 해피 엔딩으로 끝났다면 그 역시 믿지 않았을 거였다.

개연성이 부재한 우연은 현실에서만큼은 존재할 수 없다고, 아민은 확신했다. 그러니 왜 이런 일이 일어났는지 추궁해야만 했다. 자신이 잊은 줄 알았던 트라우마를 왜 이제 와서 다시금 맞닥뜨리게 되었는지에 대해서.

아민은 부엌에 죽치고 앉아 지원의 엄마를 기다렸다. 성현이 떠난 이후 이곳에 이토록 오래 머무른 건 처음이었다.

사람들이 들어와서는 아민을 보고 흠칫 놀라거나 곁눈질하며 수군거렸다. 아마 어제까지만 하더라도 아민은 그것을 참을 수 없었을 터였다. 그러나 지금은 달랐다. 들어야 했다. 대체 무슨 일이 벌어지고 있는 것인지를.

지원의 엄마가 부엌에 들어온 것은 아민이 기다린 지 두어 시간이 흐른 후였다. 반색하며 다가온 그는 아민이 앉은 테이블이 아무 그릇 없이 빈 것을 보더니 이제 막 수업을 끝내고 온 것이냐고 물었다. 헤아려 보니 정말로 딱 과외를 끝내고 돌아올 시간이 긴 했다.

"아니오, 오늘은 수업을 하지 않았어요. 아버님이 일찍 근무를 마치고 들어오셨거든요."

자신의 대답에 빠르게 변하는 안색을 볼 자신이 없어, 아민은 눈을 내리깔며 크나큰 숨을 들이쉬었다. 그러면서 바닥을 향해 숨을 내뱉듯, 한 자 한 자 힘겹게 물었다.

"민종찬 선생님과는, 어떤 관계이신가요. 남편 맞으시죠. 혹시, 혹시 말이지요, 어머님은 저를, 이미 알고 계셨나요?"

*

지원의 아버지이자 아민의 담임이었던 민종찬은 본래부터 좋은 아버지가 아니었다. 중학교 교직원들은 오전 여덟 시에 출근해 오후 네 시에 퇴근했는데, 그는 퇴근한 후부터 날이 새도록 술을 마셨다. 그제는 교장과, 어제는 교감과, 오늘은 부장들과, 다음 주는 이사진과…….

그것이 정치의 일부라고, 그저 가족을 위한 헌신의 일환이라고 그는 일갈했다. 교감이 되기 위해, 교장이 되기 위해. 그러면 지원의 어머니는 반발했다고 했다. 우리는 그런 걸 바란 적이 없다고. 당신의 인정욕과 성취욕에 가족을 핑계로 삼지 말라고.

"그땐 말로라도 알겠다며 받아들였어요. 매일 술에 떡이 되어 들어오는 것 말고는 나쁜 남편은 아니었죠. 그런데 그 말들을 다 기억하고 있다가 나중에 되갚을 줄은……."

몇 해 전, 그는 이사장 딸에게 시험 문제를 유출한 혐의로 학교에서 정직되었다고 했다. 고발자는 놀랍게도 그 딸이었다. 소문을 완벽히 막아 주지 못한 민종찬을 오히려 명예 훼손 및 학대 혐의로 고소한 것이었다.

그때 민종찬은 가족에게 말했었다. 이 고소 역시 이사장과 이미 약속한 거라고. 이러한 방식으로 충정을 보이면 반드시 득이 될 것이기에, 스스로 짐을 지기로 합의했다고. 과연 그럴까? 진실은 아무도 알 수 없는 것이다.

어쨌거나 민종찬은 패소했고, 이사진에서는 여태껏 복직 허가를 내지 않았으며, 민종찬은 여덟 시부터 네 시까지 학교 옆 카페에서 시간을 죽이다가 교문을 나서는 누군가와 술을 마셨다.

민종찬은 정치로만 자신을 증명하려 했다. 그리고 그에게 정치는 술과 동의어였다.

"브레이크 타임 없는 중국집에서 여섯 시까지 고량주를 마시고, 그다음엔 삼겹살 집으로 이동해서 여덟 시까지 소주를 마시고, 호프집에도 가고. 자정 넘어서는 모르죠, 무얼 더 했을지……. 그러고는 집에 와서 양주까지 꺼내는 거예요."

문제는, 그렇게 술을 마시고 와서 아내와 아들을 때린다는 것이었다. 그가 폭력을 행사하며 내뱉는 말들에서 아내는 '성아민'이라는 이름이 들린다는 것을 알아차렸다.

"왜 그 이름에 억하심정을 가졌는지는 모르겠지만……."

민종찬에게는 증오할 것이 넘쳐났다. 가령, 성아민, 만악의 근원. 이사장의 딸을 위시한 어린 여자애들, 자신의 삶을 구렁텅이로 몰아넣은 것들. 자신의 아내, 이토록 노력하고 또 상처받는 남편을 보듬어 주지 못하는 존재. 그리고 아들인 지원은…….

"아이가 어렸을 때부터 남편은 아이의 성장과 실수를 이해하지 못했어요. 때 되면 알아서 걸음마를 배우고, 똥오줌을 가리고, 한글을 깨쳐야 하는 것 아니냐고. 다른 애들은 다 그러는데 왜 너는 그러지 못하냐고. 나 닮았으면 안 그랬을 텐데, 엄마 닮아 저렇게 멍청하다고. 그러니 아들이 어떻게 아버지를 따를 수 있겠어요?"

그리고 이어진 이야기.

"저는 애 아빠랑 대학 동기예요. 사범대. 하지만 지원이를 임신해서 학교를 그만두었죠. 그랬던 시대니까요. 교사 될 사람이 혼전 임신? 말도 안 되는 이야기였어요. 자퇴하는 게 너무나 당연했어요."

그렇다면, 지원의 학업 수준이 준수했던 이유도…….

"가출하기 전까지는 제가 가르쳤어요. 평생 교사를 꿈꿨던 제 인생의 유일한 제자였죠. 그리고 정말 집을 나가지 않으면 죽을 것만 같아 가출했음에도 그 제자를 포기할 수 없었어요……."

"그렇지만, 우연히 들른 고시원에서 저를 발견했다고 주장하실 건 아니겠죠?"

아민이 힘겹게 입을 열자 그는 고개를 주억거렸다.

"남편은 아민 씨의 일거수일투족을 염탐했어요. 아민 씨가 불행해질 때마다 행복해했죠. 그 자료들이 남편 휴대폰에 아무렇지 않게 저장되어 있었어요. 남편이 술에 취해 곯아떨어진 동안 그걸 훔쳐보는 건 제겐 일도 아니었지요. 그 사람, 술만 마시면 사람도 알아보지 못할 정도로 취하거든요…….."

그래서 나를 알아보지 못한 건가. 아민은 탄식하며 물었다.

"그런데 겨우 저 때문에 이 고시원에 들어오셨다고요? 제가 여기 산다는 이유만으로? 저에게 접근하기 위해서요? 헐값에 과외를 의뢰하려고?"

경악한 투가 역력했다. 지원의 어머니가 제 말투를 듣고 얼마나 상처를 받을 수 있을지 헤아리고 배려할 여유가 아민에게는 없었다.

지원의 어머니는 눈을 내리깔더니 천천히 말했다. 자신이 죽지 않고 살면서, 사랑하는 아들이자 유일한 제자 역시 포기하지 않는 방법이 그것뿐이었다고.

"남편은 제가 일하는 걸 싫어했어요. 의처증이 심했고 아무 때나 수시로 전화를 걸어 제가 집에 있는지 확인했죠. 그 사람은 언제나 권력을 좋아하니까, 그 작고 보잘것없는 사립 중학교에서조차 정치질을 하지 못해 안달 난 사람이니까, 제게 독립할 능력이 없어야만 저를 장악할 수 있다고 확신한 거예요. 맞는 얘기죠."

여자가 마침내 집을 나왔을 때 무일푼이나 다름없었던 것도 그것 때문이었다. 여자는 아민이 산다는 고시원에서 가장 싼 방을 얻고, 지원을 낳은 후 처음으로 일이란 것을 했다.

과자 포장도 하고 등하원 도우미도 하고 음식점에서 서빙도 했는데, 가장 오래, 지금까지도 하고 있는 일은 바로 아민이 며칠 만에 그만두었던 그 대기업 물류 센터 업무라고 했다. 돈을 제일 많이 주기 때문이라고.

그 말을 듣고 아민은 부끄러워졌다. 자신이 포기했던 그 일을 감내한 대가로 주어진 돈이 다시 자신에게로 돌아오고 있는 판국이었으니.

"그런데 학교 교사라면 괜찮은 직업이잖아요. 아무리 정직이 되었다고 한들 왜 반지하에 살아요? 모아 둔 돈이 있을 텐데."

아민의 물음에 대한 여자의 대답은 놀라웠다.

"그러면 윗사람들에게 동정심을 불러일으킬 수 있을 테니까요. 복직이 빨라질 수도 있으니까요. 남편은 말했죠. 본디 제물이란 처절한 꼴을 보여야만 한다고. 그래야 화형당하기 전에 불쌍하다며 용서받는다고. 그 말은 저와 지원이를 이야기하는 것이기도 했어요. 우리는 그의 권력을 확고히 하기 위한 제물이고, 그러니 자기주장 없이 최대한 불쌍해야 했던 거죠……. 우린 아파트를 팔고 반지하로 이사를 갔어요. 남편은 그 사실을 여기저기 떠벌리며 읍소하고 다녔죠. 결국엔 그 노력이 헛물켠 것으로 종결된 듯하지만. 아직도 그 대낮의 술자리에 가서는 내내 딸랑거려요. 그러고는 아직 해가 떠 있는데 만취해서 돌아와······."

돌아와 아들을 때리겠죠. 아민은 흐려져 더는 들을 수 없는 문장의 끝을 바로 알아챘다.

"사실 제가 원하는 건 하나예요. 지원이가 상황과 환경 때문에 자기 탓을 하지 않는 것······. 어린애잖아요. 겨우 중학생이 그런 걸 계산하며 모든 꿈을 하나하나 접어 버리면, 그러면 안 되는 거잖아요. 저는 애가 평생 아버지랑 떨어지지 않아도 좋아요. 저를 다시는 못 봐도 좋아요. 하지만 주어진 환경 때문에, 부족한 부모 때문에 선택의 폭이 좁아졌다고 말한다면······ 그건 싫어요. 최대한 이기적으로 굴었으면 해요. 아주 극단적으로. 최대한."

"이기적으로요?"

아민이 입 밖으로 뱉은 생경한 단어를 다시금 들었음에도 지원의 엄마는 들뜬 기색 없이 고개를 끄덕였다. 아민은 재차 물었다.

"그 애에게 '이기적으로 군다'는 게 어떤 의미인지 어머님은 아세요? 대화를 나누어 본 적이 있으세요?"

저는 엄마 없이 엄마가 원하는 삶을 성취하고 싶지는 않아요. 되게 '이기적'이죠?

지원이 했던 말이다.

엄마가 집을 나갔을 때 제가 망가지면, 엄마의 역할이 중요하단 걸 아빠가 느끼겠죠. 그러면 마침내 아빠가 엄마를 필요로 하게 될 거예요. 전 그걸 원해요. 제가 정말 걷잡을 수 없이 엇나가서, 아빠에게 연락을 받은 엄마가 돌아오는 것…….

"제가 엄마 없이도 잘한다면 엄마는 돌아오지 않을지도 모르잖아요. 하지만 저는 엄마와 함께하고 싶어요. 엄마가 어떻게든 돌아와서 계속 불행한 삶을 유지하는 걸 원하는 저는, 엄마에게는 불효자겠지요? 하지만 엄마를 보고 싶은걸요."

"그러면 너는 정확히 뭘 원하는 거니? 처음에는 빨리 돈을 벌어서 엄마와 둘이서 살고 싶다고 했잖아. 하지만 지금은 그 길을 '망가진다'라고 표현했지. 그건 엄마의 입장에서 말한 거니? 사실은 공부를 더 하고 싶니? 네가 원하는 네 삶은 뭐니?"

그러자 지원은 외려 되물었다.

"전혀 모르겠어요. 쌤은 알아요? 쌤이 원하는 쌤의 삶이 뭔지? 저는 그런 걸 아는 사람이 너무 신기해요. 왜냐하면, 저는……."

아민이 마저 대답했다.

"왜냐하면 너는, 지금 상황을 벗어나야만 살 수 있을 것 같다는 절박함 외에는 아무것도 생각하지 않기 때문이지."

돌이켜 보면 결국, 자신이 선택한 길 역시 도피의 연장선상이었다. 남들이 잘났다고, 성공했다고 치켜세워 주는 그 성취는 그저 생존하기 위한 길일 뿐이었다. 그건 자신의 꿈도, 행복의 실현도 아니었다. 살아남을 것. 오로지 그 목표만 바라보며 살아왔던 것이다.

아민은 꿈꾼 적이 없었다. 그리고 대학에 와서 더더욱 느끼고 있었다. 꿈꿀 수 있다는 것은 곧 특권이라는 사실을. 지금 와서 생각해 보니 유정도, 성현도, 지원도 꿈 같은 것을 함부로 꾸지 못했고, 못하고 있었다.

그렇다면 대체 꿈이란 건 어디에 있단 말인가? 아민은 짧은 학창 시절 내내 자신이 가장 불행한 사람인 줄 알았다. 그런데 막상 제자들의 이야기를 들어 보니 다들 저마다 다른 방식으로 생존을 위협받고 있었다. 대관절 소년 만화나 청소년 소설 속의 '진취적이고 목적의식 있는 소년'은 존재하는 게 가능하긴 한 걸까?

아민은 회의했다.

아민은 지원의 엄마에게 말했다.

"어머님이 생각하는 '이기적'의 기준은 어른의 기준이에요. 지원이가 남을, 심지어 어머님마저도 돌보지 않고 목표와 꿈을 위해 돌진할 것. 하지만 지원이는 그걸 이기적이라고 생각하지 않아요. 왜냐하면 꿈 같은 걸 애당초 생각할 수 없었으니까. 게다가, 목표를 향한 맹목적인 돌진은 오히려 지원이 아버님의 방식이 아닌가요? 지원이가 아버님을 닮기를 바라시는 건가요?"

여자의 얼굴이 빠르게 창백해졌다. 그러나 아민은 여자를 타박하려고 이런 말을 하는 게 아니었다.

"알고 계시잖아요. 남들이 얘기하는 번듯한 직업을 가져도 행복할 수 없단 것. 어머님이 보시기에는 예전에 민종찬 선생님이, 지원이 아버지가 행복해 보였나요? 만약 본인이 원하는 대로 교감이나 교장을 했다면 행복해졌을 거라고 생각하시나요?"

행복이란 것은 허상에 불과할지도 모른다. 아민은 적어도 자기 자신에 대해서는 언제나 그렇게 생각해 왔다.

그러나 여러 일을 겪을수록 점점 알 것 같았다. 완벽한 행복은 누구에게나 허상이다. 그러니 이루어질 수 없다. 그런데 그 허상이 바람직한 것처럼 포장된 지 오래다. 사실 모두는 각자의 생존을 위해 살 뿐인데…….

"솔직히 말씀드리자면 지금까지 제가 가르쳐 온 모든 과외생이 그랬어요. 어른에겐 아이의 미래, 꿈, 목표와 행복. 그런 것들이 당연시되죠. 하지만 그런 걸 가진 아이를 저는 본 적이 없어요. 어딘가엔 있겠죠. 하지만 대부분은 그렇지 않았어요. 어른들을 봐도 마찬가지예요. 우린 다들 그저 먹고살기 위해 살고 있어요. 고시원만 그런 게 아니에요. 민종찬 선생님도 결국 마찬가지잖아요. 허상을 투사하지 마세요. 허상이 허상임을 인정해 주세요. 욕심부리지 마시고 살 방법을 찾아 주세요. 지원이와 함께 살아 나갈 방법을요. 그렇다면, 지원이의 입장을 이해하시게 될 거예요. 그리고 그게 옳을지도 몰라요……."
"가진 놈이야 그딴 식으로 번드르르하게 말할 수 있겠지."
 별안간 굵은 목소리가 끼어들었다. 정혁이란 남자였다. 그가 부엌에 들어온 것을 아민은 전혀 깨닫지 못했다. 지원의 엄마에게 핏대를 올리며 이야기를 하다 보니 놓친 것일 터였다.
"어차피 저놈 말은 다 거짓이에요. 저놈은 당신 행복엔 전혀 관심 없어요. 우리 같은 처지가 되지 않겠다고 벗어나려 안간힘을 쓰면서 남한테는 허상이니 욕심이니 하는 허황된 소리를 지껄이지. 입만 살아서는."
 아민은 할 수 있는 말이 없었다. 그가 짚은 지점들이 하나도 틀리지 않았으니까.
"한국에서 제일 좋은 대학교 경영학과? 결국엔 나와서 대기업 같은 데 들어가겠지. 그 미래가 창창하게 앞에 있기 때문에 저런 식으로 이야기할 수 있는 거라고요. 그리고 나중에는 이 일들을 다 빛나는 과거처럼 말할 거예요. 저놈에게 나나 미정 씨는 자기 서사에 필요한 역경을 이루는 벽돌일 뿐입니다. 나중에 다 허물어질. 알겠어요?"
 왜 저에게 이렇게 반감이 있으신 거예요? 아민은 물었다. 순간적인 당황과 분노 탓에 목소리가 덜덜 떨렸다. 저를 알지 못하시잖아요. 저의 사정도 모르시잖아요. 끽해야 성현이가, 그 어린애가 꾸며 낸 사정만 알면서.

설마 상처받으신 거예요? 아니면 아저씨보다 어린 애들한테 놀아났다고 생각하시는 건가요? 하지만 그건 성현이 잘못이지 제 탓은 아니잖아요. 제가 얼마나 힘든지 아세요? 안 겪어도 될 것들을 너무 어려서부터 겪은 게…….

"저는 겨우 열일곱인데 엄마는 병원에 있고, 아직 제대로 걷지도 말하지도 못해요. 엄마가 뚝배기 설거지하며 번 돈은 다 병원비로 날아갈 거고, 제가 제 능력 가지고 돈을 벌겠다고 덤벼드는데 자꾸만 나쁜 일이 생긴다고요! 왜 저에게만 그런 일이 생기는 거죠? 다들 알아서 잘 살고 돈도 챙기는데 왜 나는 그게 안 되냐고요! 빛나는 과거라고요? 자기 서사의 역경이요? 그렇담 저도 솔직하게 말할게요. 지금 아저씨는 본인 장례식 때 들려줄 고난을 만들고 있는 중이라고!"

그러자 정혁이 벌떡 일어서서 아민에게 휘청거리며 걸어왔다. 아민은 긴장하면서도 문득 생각했다. 내가 정혁보다 훨씬 체격도 좋고 젊다. 허리의 통증도 많이 가라앉은 상태다. 사람을 때려 본 적은커녕 싸우거나 멱살을 잡아 본 적도 없지만, 지금껏 살면서 만난 많은 사람이 참 잘하던 게 싸움박질이니, 나도 상황이 닥치면 해낼 수 있을지 모른다.

정혁은 그대로 아민에게 주먹을 날렸다. 광대에 두어 번, 배 쪽에 한 번. 아민은 두 팔로 얼굴을 감쌌다. 주먹을 내지를 수 있을 줄 알았는데, 도대체 어떤 식으로 주먹을 쥐고 어떤 근육을 써서 어떤 궤적으로 팔을 뻗어야 할지 전혀 감이 오지 않았다. 상상조차 할 수 없었다.

그러나 몇 번 맞으니 이상하게도 정혁의 주먹이 아프지 않았다. 어라, 내게 맷집이 있는 걸까. 순간 아민은 상대해 볼 만하겠다는 느낌이 들었다. 그래서 팔을 뻗어 정혁의 티셔츠 가슴께를 움켜쥐었다. 그러고는 그대로 바닥에 누워 버렸다.

만약 이 장면이 영화의 한 컷이었다면 영화의 장르는 코미디와 대단히 우스꽝스러운 액션의 범벅이었을 터다.

두 사람은 엎치락뒤치락하면서도 의자를 넘어뜨리거나 테이블 다리에 부딪히지 않기 위해 무진 애를 썼다. 으르렁대면서도 소음이 얇은 벽을 타고 새어 나가지 않도록 조심했고, 병원비를 물어 주고 싶지 않았기에 주먹을 휘두르면서도 상대를 다치지 않게 하려고 애를 썼다. 드잡이하는 두 사람 옆에서 지원의 엄마는 비명을 역시 묵음으로 냈다.

세 사람의 신체가 할 수 있는 유일한 자기주장은 땀과 침을 비오듯 흘리는 것뿐이었다. 지원의 엄마가 싸움을 말리기 위해 두 팔을 벌려 물리적으로 끼어들면서, 세 사람이 뚝뚝 흘리는 땀방울과 침 줄기는 한데 섞여 무엇이 누구의 배출물인지 알아볼 수 없는 상태가 되었다.

아마 이후에 눈먼 개 한 마리가 온다면 셋이 있던 자리의 냄새를 쿵쿵 맡고 고개를 갸우뚱했을지도 모른다. 여기 몸은 하나인데 머리는 셋인 이상한 생물이 있었노라고. 고약한 땀과 침의 냄새로 미루어 보아 속은 똑같은 양상으로 썩어 가고 있는데, 말만 각자 다르게 뱉은 세 개의 입이 있었다고.

싸움이 끝난 것은, 부엌에 내려와서는 "여어, 밥 먹는 데에서 무슨 개지랄들인가"라고 투덜거린 남자 때문이었다. 아니, 정확히는 그가 무음 상태로 반짝거리는 아민의 휴대폰을 발견했기 때문이었다.

"전화 오는디?"

희준, 넷

"이것도 참 편한 결말이네요. 매일 아빠에게 맞으면서도 가만히 있던 애가 왜 하필 그날 누군가에게 SOS를 칠 마음을 먹었을까요? 그것도 과외 선생에게. 그거 아세요? 쌤이 하는 얘기는 다 싸구려 드라마 같아요. 개연성은 하나도 없고 다 우연으로만 이루어져 있잖아요."

희준의 말에 아민은 역시나 조용히 중얼거렸다.

"네가 물었기에 대답해 준 것뿐이잖니. 믿든 안 믿든 그건 네 자유이지만, 물은 사람이 대답을 듣고서 그런 식으로 반응하면 좀 곤란하지."

저 표정. 아무리 속을 긁어도 화를 내지 않는 무채색 표정. 오래전 어딘가에 가라앉은 난파선 같은 얼굴. 어떻게든 뭍으로 인양하려고 죽을힘을 써도 절대 끌려오지 않는 저 완고함을 어떻게

깰 수 있을까.

  희준은 아민이 이야기해 주는, 아니, 자신이 억지로 아민에게서 끌어낸 옛날 제자들의 이야기를 들으면 들을수록 기묘한 질투심에 휩싸였다. 이야기 속 성아민은 살아 있는 사람 같았다. 화도 내고, 슬퍼하기도 하고, 잘못도 하는.

  그러나 지금, 제일자유고에서의 성아민은 그렇지 않다. 학급 아이들이, 다른 선생들이, 학교 자체가 아무리 풍랑을 일으켜도 저 아래 심연에서 옴짝달싹 않는 거대한 절망을 닮았다.

  사실, 아민에 대한 평은 다시 반전되고 있었다. 9월 모의고사와 2학기 중간고사에서 아민이 담임을 맡은 반 학생 모두가 눈에 띄게 높은 성적 향상을 보였기 때문이었다.

  다른 반에서 젊은 남자 선생이 오만불손한 학생에게 훈계를 했다가 고소를 당한 사건도 역으로 득이 되었다. 그 선생과 비교하여, 요새 젊은이답지 않게 진중하며 사려 깊은 사람이라고 학부모들이 아민을 평가하는 모양이었다.

  그리고 이런 학교의 학생 여론은 학부모의 것을 고스란히 따라가기 마련이라, 아이들 역시 아민을 우습게 보는 정도가 줄어들었다. 오히려 요새는 아민을 따르는 아이들이 늘어 가고 있었다.

  다만 그것 역시 희준은 마음에 들지 않았다. 박쥐 같은 새끼들.

  "저, 선생님, 약속한 상담 시간인데요."

  지금도 그렇다. 한 학생이 희준이 죽치고 있는 아민의 자리에 와서는 예의 바른 척 상담을 요청했다. 처음 보는 얼굴이니 희준과 같은 반이 아닌 아이다. 왜 자습 시간에 교실을 이탈해 가면서까지 담임도 아닌 선생과 상담을 하려고 하지?

그런데 아민이 그 아이를 향해 고개를 끄덕이고서는 희준더러 교실에 들어가라고 말했다.

싫어요. 희준이 일부러 소리 높여 대꾸하자 아민은 희준에겐 눈길조차 주지 않고 대신 아이에게, 그럼 우리 나가서 이야기할까? 라고 물었다.

그건 더 싫었다.

결국 희준은 앉아 있던 자리를 그 애에게 내주었다. 그런 후에도 약이 올라 씨근덕대다가, 아민의 자리에서 꽤 멀리 떨어진 교무실 구석에 아직 퇴근하지 않은 수학 선생이 보이기에 그 옆에 냉큼 앉았다.

그러고는 쌤, 수학이 너무 어려운데 어떻게 공부해야 돼요? 라고 너무나 포괄적인 질문을 던졌다. 답이 궁금한 건 아니었다. 이 선생이 정교사 자리를 노리느라 상급자들의 환심을 사기 위해 안간힘을 쓰는 기간제고, 그래서 매일 교무실에 남아 죽도록 야근을 한다는 게 공공연한 비밀이기에 그 점을 이용하려는 것뿐이었다. 온갖 시답잖은 질문을 던져도 성심성의껏 답해 주며 절대 희준을 쫓아내지 않을 터이기에.

자신이 어떻게 공부했고 그래서 얼마나 성적을 올렸는지 장광

설을 퍼붓는 수학 선생을 향해 대충 고개를 끄덕이며, 희준은 아민의 자리에서 들려오는 소리를 포착하기 위해 안간힘을 썼다. 다행히 저녁의 교무실은 조용했고, 자기 자랑의 기회에 취한 수학 선생은 희준이 제 말을 듣든 말든 별 신경을 쓰지 않았다.

"……요즘 들어 자꾸 이 주변을 빙빙 돌고 있어요. 보란 듯 흔적을 남겨요, 계속."

"그래도 접근 금지 받았잖아. 너무 걱정하진 마."

"하지만 과연 그 인간이 그런 거에 연연할까요? 경찰들에게 술사 주면 접근 금지 명령 따위 아무 상관 없다고 생각할지도 몰라요."

"제일자유고 같은 학교에서 학생이 다치는 사건이 발생하면 세상이 얼마나 뒤집어질지, 그 사람이 훨씬 잘 알아. 학교 선생 출신인 데다가 작은 사립 중학교의 알량한 권위와 권력에도 목을 매는 사람인데, 제일자유고 학생을 습격한다는 생각은 절대 못 하겠지. 그건 제일자유고라는 존재 자체에 시비를 거는 거니까. 그럼 학부모들이 가만히 있겠어?"

"……그렇기야 하죠. 근데 이상한 게, 저희 집 근처에서는 보이지 않아요. 꼭 학교 주변만 돌아다녀요."

"그거야 그나마 다행스러운 일이니까, 이상하다고 생각하지 말고 받아들이자. 집 근처에서도 돌아다니면 어머니 걱정되어서 네가 공부를 어떻게 하겠니."

"……그런가요. 예전엔 제가 쌤보다 훨씬 낙천적이었던 거 같은데, 웃기네요. 저도 편하게 생각하고 싶은데, 무서워서 그게 영 안 돼요. 민지원이 이런 사람이 아니었는데요. 왜 이렇게 쫄보가 되었지."

희준의 등허리가 꼿꼿해졌다. 민지원. 설마 이야기 속 그 학생이 저 사람일까.

희준의 머릿속이 바빠졌다. 동시에 하얘졌다. 지금껏 자신이 아민이 하는 말을 믿지 않았다는, 아니, 믿고 싶어 하지 않았다는 것을 마침내 깨달았다. 성아민이라는 사람에게 그토록 많은 유의미한 대상이 있는데, 어쩌면 자신은 그 집단에 포함되지 못할지도 모른다는 사실을 부정하고 싶었다는 것을.

"그래도 일단 배움터 지킴이 선생님에게 말씀드릴게."

"네, 그리고……."

"응?"

"쌤…… 이 학교에서 일하는 거, 정말 괜찮으세요?"

"생각보다는 잘 버티고 있지 않니? 왜, 고3들 사이에서 내가 못한다는 소문이라도 돌던?"

아민이 큭큭거렸다. 희준 앞에서는 한 번도 들려준 적 없는 가벼운 웃음소리였다.

"아뇨, 그건 아닌데, 괜히 저 때문에 이 학교에 오셨다는 죄책감이 계속 들어서요. 쌤이 왜 전과를 하셨는지 엄마한테 들어서 다 알고 있거든요."

"뭐, 괜찮아. 네 말대로 사람이 현실적이어야 할 필요도 있지. 덕분에 우리 엄마가 얼마나 기뻐하셨는데. 전과한 후로 '겨우' 학교 교사 되는 거 아니냐고 걱정을 하시다가…… 고급 사립 학교 교사라고 하니까 또 다르게 생각하시더라고."

"어머님은 괜찮으세요?"

"어젠 처음으로 지팡이 없이 걸으셨어. 아주 잠깐이긴 했지만."

"다행이네요."

"너희 어머니는?"

"정혁 아저씨랑 아주 깨가 쏟아져요. 저도 좋죠. 아빠가 집 쪽으로 오지 않는 거, 아무래도 정혁 아저씨 때문인 것 같거든요. 아마 정혁 아저씨랑 붙으면 한 방에 나가떨어질걸요."

"그래, 말 잘했다. 정혁 아저씨한테 가서 물어봐. 어머님이랑 사이 이어 준 대가로 밥 사 주시기로 한 거, 왜 아직도 감감무소식이냐고."

"저번에 약속 잡아 놓고 바쁘다고 파투 낸 건 쌤이에요."

"그건 진짜 미안하게 됐어. 상담 신청한 애가 안 가는데 어쩔 수 없지."

"아까 걔요? 사실 3학년들 사이에서도 소문 도는데. 국회 의장 아들 맞죠? 이름이 뭐더라? 하여간 함 씨. 엄마는 재벌 3세고……."

"너네 또 공부 안 하고 쓸데없이 남 험담이나 하고 있구나."

잠시만.

대화를 엿듣던 희준은 문득 의문이 들었다. 아민의 이야기 속 민지원은 공부를 월등히 잘하던 아이는 아니었다. 그런데 어떻게 제일자유고에 들어왔을까? 심지어 3학년이라니. 그 학년이 입학하던 시절 제일자유고의 입시는 지금보다도 훨씬 치열했다. 그런데 입학했다고? 분명 그전에는 겨우 특성화 고등학교를 생각하는 수준이었으면서?

그때 수학 선생이 희준의 어깨를 툭 건드렸다.

"함희준이, 지금 보니까 순 딴생각만 하고 있네?"

그의 핀잔에 희준이 중얼거렸다.

"죄송해요, 하지만 저쪽에서 상담하는 소리가 자꾸 들려서 신경이 쓰여요……."

"사실은 나도 들었다. 국회 의장 아들이니 뭐니 하면서 네 얘기 하는 거. 너무 신경 쓰지 마라. 어차피 쟨 네 선배 노릇 할 만한 애도 아닌데."

"네?"

"3학년 골칫거리로 유명하지. 학교 이미지 좋게 하려고 불우한 서사 있는 애를 뽑아 전액 장학금까지 줬는데 막상 입학해서는 특성화고로 전학 가겠다고 난리 치던 애. 제일자유고에서 특성화고로 전학 가려는 애가 있다는 소문이 돌면 학교 입장에서 얼마나 치욕스러운 일이냐. 그래서 어떻게든 막았다던데. 올해는 그래도 고3이 되어서 그런지 얌전하다고 하더라. 저 선생님에게 자주 오던데, 1학년은 3학년이랑 쉬는 시간이 달라서 본 적이 없나 보구나."

"……불우한 서사 있는 애를 뽑아요?"

"학생만 그럴까? 선생도 마찬가지야. 아무리 '그 대학' 출신이라도 그렇지, 경영대에 적응 못 해서 사범대로 전과하고 그마저도 학사 경고 수준으로 간신히 졸업한 사람을 정교사로 뽑아? 군대도 안 다녀왔는데?"

"……성아민이요?"

수학 선생은 희준이 '선생님'이란 단어를 쓰지 않았다는 사실을 모른 척했다.

"뽑은 이유는 간단해. 학교 이미지에 써먹기 좋으니까. 가난한 집에서 열심히 노력해 명문대에 간 젊은이가 제일자유고 선생이 되었다, 우리는 이런 식으로 사회에 이바지하는 학교다! 기가 막힐 노릇이지. 애들 피해는 신경도 안 쓰고."

"'애들 피해'요?"

"애들을 이해하지 못하는데 무슨 교육을 하겠니? 내가 여기서 들리는 대로 대충 파악해 보니 너도 무언가 잘못되었다는 직감이 있는 것 같은데. 맞지? 급이 안 맞는 사람이란 걸 아니까 자꾸 자백하게끔 만들었잖아, 얼마나 구질구질하게 살았는지."

"그건……."

"너랑 네 담임 선생님이랑 나눈 얘기, 교무 회의에도 자주 올라온다? 지난번엔 교장 선생님이 나에게 그러시더라? 사람을 잘못 뽑았다고. 머리만 똑똑한 거랑 서로 공감하며 소통할 수 있는 건 다르지. 게다가 뭐 저렇게 사람이 음침해? 좀 밝아야지, 선생이 되어서는."

"……교무 회의에 올라온다고요?"

"걱정 마라. 그래도 잘리진 않으니. 학교 마스코트인데, 뭐. 아마 올해 말쯤 기사를 슬슬 내기 시작할 거다. 일 년 동안 사고 안 쳤으니 인정받는 거지. 평등한 교육 기회 같은 타이틀을 달고서, 아마 저 애랑 사진 찍고 매스컴을 타겠지. 쟤, 올해 들어서 성적이 계속 괜찮거든. 이건 소문이긴 한데, 뭐냐, 저 남자애가 먼저 이 학교에 입학하고 나서 저 선생에게 여길 추천했다고 하더라. 끼리끼리 작당하고 오염시키기라도 하겠다는 건지."

그때 드르륵, 의자를 끄는 소리가 들렸다. 이어 이제 갈게요, 하는 인사말도. 더는 수학 선생의 말을 들을 필요가 없었다. 희준은 벌떡 일어섰다. 수학 선생에게 인사도 하지 않고 등을 돌려 저벅저벅 걸음을 옮겼다. 선생이 당황하는 것이 느껴졌으나 희준은 그를 무시했다.

이제 둘 중 한쪽을 선택해야 했다. 성아민이냐, 민지원이냐. 아민에게 간다면 지원과의 사이를 캐물을 작정이었다. 그러나 난파선 같은 성아민이 속 시원하게 답을 해 줄 리 없다. 그렇다면 지원에게 갈까?

그래, 그게 나을 거라고 희준은 판단했다. 게다가 지원은 제일자유고에 어울리지 않는 인물이다. 그렇다면 훨씬 편하게 대하며 동시에 승기를 잡을 수도 있다. 날고 긴다 하는 부모를 가진 아이들조차, 혹은 학년 부장조차 자신의 비위를 맞춰 주려고 하지 않던가.

분명히, 희준은 그때 그런 식으로 사고했다. 자신도 모르게 평소의 자신이 경멸하던 부모의 방식을 고스란히 따르고야 말았다. 나중에 반성했지만.

"저기요."

어둑하고 조용한 복도 끝, 지원을 빠르게 따라잡은 희준이 그의 팔뚝을 움켜쥐었다. 지원이 억, 소리를 내며 소스라쳤으나 희준의 얼굴을 보고서는 안도의 한숨을 내쉬었다. 근처를 배회한다는 자기 아버지라고 생각했을지도 모를 일이다.

"왜요?"

"민지원 선배 맞죠? 아버지가 소송 걸려서 짤린 선생이고, 엄마는 고시원으로 가출했던."

"뭐요?"

"지금 3학년이죠? 성아민 옛날 제자 맞죠?"

지원은 희준을 모른 척하는 것이 의미가 없다는 사실을 깨달은 듯 기가 찬 얼굴로 답했다. 저기요, '성아민'이요? 담임인데 너무 예의가 없는 거 아니에요?

"아뇨, 예의 없는 건 담임이에요. 반년 동안 내가 얼마나 생각하고 위해 줬는데. 우리 반에서 담임을 무시하지 않는 건 나밖에 없다고요. 그리고 내가 담임을 좋아하는 티를 내니까 다른 선생들도 담임 무시 못 하고. 안 그랬으면 그 사람이 텃세를 견뎠을 것 같아요? 여기 애들, 자기랑 출신이 다른 냄새는 기가 막히게 맡는다고요. 성아민을 보고서는 처음부터 그랬어요. 낡은 재킷에, 싸구려 시계에, 갈라진 인조 가죽 벨트 같은 거, 그런 거 가지고 얼마나 비웃었는지 알아요?"

물론 지원이 더 잘 알 터였다. 지원은 그걸 견디며 지난 이 년여를 보냈을 테니까. 그러나 희준이 묻고 싶은 것은 따로 있었다. 왜, 대체 왜.

"그런 걸 알면서도 대체 왜 이 학교에 들어오게 내버려 둔 거죠? 말릴 수도 있었는데. 당신은 올해만 버티면 끝이지만 저 사람은 폭삭 늙을 때까지 여기 있어야 하는데. 이 학교 선생이 돈을 많이 버는 것도 아니잖아. 다른 공립 학교 교사랑 다를 바 없는 거 다 안다고! 그런데 왜 추천한 건데? 같이 사진 한번 찍으려고?"

지원은 날뛰는 희준을 가만히 보고만 있었다. 그게 희준을 더 흥분하게 만들었다. 마치 네가 어떤 짓을 하든 이미 예상했다는 듯한 차분함이, 상대가 예상하지 못한 엄청난 문장을 뱉고 싶다는 충동에 불을 붙였다.

"우리 반 애새끼들이 나보고 게이냐며 뒤에서 지랄을 하던데. 그 새끼들은 성아민이 얼마나 불쌍한지도 모르고 어떻게든 비웃을 구석만 찾으려고 하지. 나는 그냥 그 사람을 걱정하는 건데. 그건 너도 못 하는 거잖아. 너도 네가 주목받고 싶어서 성아민을 데려온 거잖아. 그러면서 왜 계속 특별한 제자인 척하는 건데? 너도 똑같이 이용해 먹었으면서. 그 사람이 지금 여기서 행복할 거라고 생각해? 아니, 죽도록 불행할걸. 그런데 왜 여기 오지 말라고 말해 주지 않았지?"

아니, 아직 엄청나지 않아. 희준의 머리가 빠르게 굴러갔다. 그리고 마침내 어떤 말을 해야 할지 결정을 내리고 말았다.

"네가 성아민을 불행하게 만들고 있다고. 알아? 그러니까 성아민이 네 얘길 나한테 다 털어놓은 거 아니야, 이름까지 전부 다! 너를 각별하게 생각하지 않으니까! 나를 더 소중하게 여기니까! 저 사람도, 어? 바보는 아니라고. 너를 미워하니까 네 쪽팔린 정보를 까발린 거라고! 알고 있었어? 몰랐지? 그 사람이 네 가정사 나한테 다 얘기한 거, 몰랐지? 그러니까 얼른 미워해. 미워하라고. 가서 따지고 욕하라고!"

지원의 표정이 아민과 같아졌다. 마치 난파선처럼 무겁고 육중한 얼굴. 그러더니 천천히 입을 열어, 희준이 가장 깨닫기 무서워하던 진실을 공기 방울처럼 뱉기 시작했다.

"너, 특별하고 싶구나. 제일자유고에 들어온 거, 너희 같은 애들에게는 자랑도 아니겠지. 여기서 1등 할 자신은 없고, 그렇다고 중간에서 공부만 열심히 하면 뻔한 인간이나 되는 거고. 다른 반항은 할 방법을 모르고, 할 깜냥도 안 되지. 그러니 만만한 아민 쌤에게 특별해지고 싶고, 독점하고 싶은 거야. 다른 선생들은 그다지 특별해 보이지 않지만 아민 쌤은 겉에서부터 빈티가 줄줄 흐르니까. 뭔가 달라 보이니까. 그 사람을 높이 평가하면 너 자신도 다른 속물들이랑은 달라 보일 것 같아서. 그래서 괜히 집착하는 거 아냐, 어? 나는 너 같은 인간들을 아주 잘 알아."

희준은 고함을 지르며 지원에게 달려들어 그의 멱살을 움켜쥐었다. 지원은 그런 일에 익숙한 듯 그대로 바닥을 향해 체중을 실었다. 둘 다 바닥을 향해 낙하하면, 적어도 신장 차이는 무의미한 것이 되니까.

두 사람은 그렇게 팔다리를 얽은 채 복도를 굴렀다. 그들을 발견한 것은 예의 그 수학 선생이었다. 그는 지원이 희준을 먼저 공격했다는 증언을 희준으로부터 받아 내기 위해 최선을 다했으나, 희준이 내내 부인했으므로 결국 실패했다. 아마 어떻게든 희준에게 점수를 따기 위한 엉성한 책략이었을 것이다…….

"결국 우리 둘 다 유약한 먹물들이야. 겨우 이 정도 싸움 가지고 숨이 찬 사람들이라고."

지원의 말에 희준은 반박하려 했다. 하지만 폐가 몸부림치는 듯 기침밖에는 나오지 않았다.

두 사람은 나란히 층계를 올랐다. 1학년과 3학년 층으로 나뉘는 갈림길에서 지원이 화해하자며 먼저 손을 내밀었고, 희준은 겨우 엄지와 검지를 내밀어 슬쩍 그의 손을 건드리고는 얼른 등을 돌렸다.

혼자 멋있는 척하는 거야, 뭐야. 희준은 기분이 언짢아졌다. 만약 저 선배가 이 일을 아민에게 고자질한다면 어떻게 반박할지 머리를 굴리며 가방을 챙겼다. 그리고 교정 밖으로 나설 때까지 어떤 일이 학교 안에서 벌어지고 있는지 알지 못했다.

어느 겨울: 아민과 희준

결국 이렇게 되었네. 아민은 헛웃음을 지으며 문자를 몇 번이고 다시 읽었다. 예상했으며, 동시에 예상하지 못한 일이었다. 두 가지 다.

[쌤, 엄마한테 얘기 들었어요. 이건 아니잖아요. 일단 전화라도 받아요.]

지원의 문자.

[사직에 필요한 서류를 메일로 보냈으니 확인 부탁드립니다. — 제일자유고 행정실]

직장에서의 문자.

답변하기도 귀찮아 아민은 다시 침대에 드러누웠다.

이왕 이렇게 된 거 마음을 편히 먹자고 스스로에게 골백번 다짐한 결과, 아민은 매사에 시큰둥해졌다. 지금 죽어도 딱히 나쁘진 않겠다 싶었다. 뭐 하러 그리 아등바등 살았는지.

그날, 교무실. 지원과 대화를 나눌 때 아민은 희준이 근처에서 이야기를 엿듣는 걸 알고 있었다. 그러려니 했다. 어차피 지원의 사연은 11월 입시를 앞두고 만천하에 공개될 예정이었다. 학교 이미지를 위한 제물이랄까.

지원과 희준이 교무실을 떠난 후 아민은 짐을 챙겼다. 교무실을 나와 운동장의 가장자리를 걸었다. 그리고 인적 드문 후문으로 향했다. 단순히 버스 정류장이 그쪽이었기 때문이다.

그리고 때를 가늠하기 힘든 어느 평범한 순간, 아민은 목 주위에 격렬한 통증을 느꼈다. 그러나 주저앉지 않았다. 문득 고시원 공용 부엌에서 들었던 말이 떠올랐기 때문이었다. 일할 때 있지, 몸이 아프면 그때부터 정신을 바짝 차려야 해. 절대로 당황해서는 안 돼.

아민은 목을 움켜쥐며 주변을 둘러보았고, 꽁지가 빠져라 사라지는 인영을 목격했다. 그가 누군지는 익히 알고 있있다.

민종찬. 민지원의 생부이자 학교를 빙빙 돌고 있다던 자. 그가 지원을 노리고 있다고만 생각했지, 자신에게 앙심을 품고 있었음을 아민은 전혀 몰랐다.

그는 염산을 아민의 목에 투척한 데 이어 학교에 투서를 썼다. 당장 아민을 해고해라, 아니면 다음엔 학생을 테러하겠다, 라고.

전과자가 되는 미래를 감수하면서까지 악의를 품을 만큼 내가 그 사람에게 잘못을 저질렀을까? 도저히 알 수 없었다.

민종찬은 우울증으로 인한 심신 미약으로 감형을 받았고, 학교 측에서는 아민에게 사표를 쓸 것을 요구했다. 아민은 아무 반감 없이 응했는데, 그게 모두의 예상과 반대되는 처사인 모양이었다. 격렬하게 저항할 줄 알았겠지.

그러나 아민은 그저 지쳤을 뿐이었다. 죄를 짓지 않은 자신에게 세상이 가혹해지는 이유를 알려고 하면 할수록 힘들기만 했으므로, 그냥 다 내려놓고 싶었다.

지원에게서는 매일 연락이 빗발쳤지만, 의외로 희준에게서는 아무 연락이 없었다.

대신 학급 아이들이 삼삼오오 문병을 왔다. 제일자유고 교정 내에서 외부인이 테러를 저질렀다는 사실 자체가 학교의 기선을 제압하고 싶었던 학부모들에게 아주 좋은 구실이 되고 있는 듯했다. 아민의 불행을 무기 삼아 그들은 학교와 싸우고, 원하는 이득을 모두 얻을 수 있을 터였다.

손바닥 너비 정도의 목 피부를 희생하여 마침내 인정받는 선생이 되다니. 아민은 허탈했다. 아이들이 진심으로 그를 좋아하는 듯 행동해서 더 그랬다. 이제야, 비로소, 어처구니없이.

그러니 사실 그 애들은 부모의 판박이나 다름없는 것이었다. 부모가 아민을 쓸모 있다고 평가하니 아이들도 그렇게 생각하는 것이지. 게다가 듣자니 아이들과 학부모들은 새로 담임으로 배정된 사람의 학력을 영 맘에 들어 하지 않는 모양이었다. 그도 참 불쌍하다고, 아민은 생각했다.

수능 날, 아민은 1교시 국어 영역이 시작될 즈음 지원에게 메시지를 보냈다. 짧은 두 문장이었다.

[네 잘못이 아니야. 그리고 너에게는 항상 고마워.]

사고 이후 내내 연락을 받지 않다가 처음으로 발신 버튼을 누른 셈이었다. 어쨌거나 지원은 아민에겐 더없이 소중한 제자고, 사고는 지원의 탓이 아니었다. 꼭 그 얘길 하고 싶었다.

다만 자신이 지원에게 연락하면 득달같이 답이 올 게 분명했다. 아민은 지원의 속도에 맞춰 대화를 나눌 자신이 없었다. 그래서 일부러 수능만을 기다렸다. 아마 지원은 오후 늦게, 수능을 마친 후에야 문자를 확인할 것이다. 그 정도의 시간을 기다린다면 태연하고 담담한 어조로 응답할 수 있을 거라고 아민은 내심 기대했다.

그리고 3교시 영어 영역이 진행될 즈음에 병원에 갔다.

"성형 수술은 결국 안 하시려고요?"

"네, 괜찮아요. 다행히 제가 더위를 많이 타진 않으니까…… 목티 입고 다니죠, 뭐."

"상처 부위에서 열감이나 통증이 느껴진다면 꼭 바로 오셔야 돼요. 그냥 뒀다가는 큰일 나니까. 흉이 남는다 정도의 후유증이 아닐 거예요."

"네, 꼭 올게요. 감사합니다."

"어머님은 잘 계세요? 너무 놀라셨을 것 같은데."

아무렇지 않은 듯 날아온 질문에 아민은 역시 별일 아닌 척 웃어 보였다.

"그렇지 않아도 엄마가 그러더라고요. 화상 소독과 치료가 얼마나 힘든지 네가 마침내 알게 되어서 참 고소하다고요. 결국 옛날의 엄마를 이해하게 된 거잖아요?"

"정말요?"

그럴 리가. 엄마는 사지를 주체하지 못할 정도로 떨며 펑펑 울었다. 그러나 아민은 빤한 거짓과 자기기만으로라도 엄마가 힘들지 않다고 생각하려 했다. 그렇게 말하면, 말하는 대로 이루어질 것만 같았다.

"정말이에요. 그러니 그때 제가 잘못했던 것들, 드디어 갚을 때가 온 거죠."

그렇게 의사와 시답잖은 대화를 나누고서는 진료실을 나왔다. 수납을 하고 인터넷 뱅킹으로 잔고를 한 번 확인한 후, 아직 들어

오지 않은 퇴직금을 그 잔고에 더해 보았다.

학교에서는 본디 일 년을 근무해야 나오는 퇴직금을 자체적으로 지급하겠다고 했다. 먹고 떨어지란 소리였다. 아마 그들도 이런 사태는 예상하지 못했을 터였다. 힘든 서사 있는 재료를 데려와 요리해 홍보할 방도만 생각했던 사람들은, 그 서사에 드글드글 낀 세균이 현재를 위협할 수 있다고는 생각하지 못했겠지.

그때 휴대폰 진동이 울렸다.

[이 애를 살리고 싶다면 지금 당장 전화하시오.]

문자의 발신자는 희준이었고, 메시지에는 사진 한 장이 첨부되어 있었다. 희준이 파란색 물총을 누군가의 머리에 들이대는 장면이었다. 아민의 눈이 서서히 움직였다. 물총 총구 옆에서 벌을 받듯 두 손을 들고 있는 애는…….

아민은 휴대폰을 내려놓았다. 목을 긁고 싶어져 손을 올렸다가, 꾹 참고 주먹을 쥐었다. 그래, 1학년인 희준은 수능 예비 소집일과 수능 날 모두 쉬었을 테니 멋대로 도시를 싸돌아다니며 저 애를 찾아 헤맬 시간이 있었다. 물론 그 부모는 무용한 곳에 시간을 썼다며 몹시 싫어했겠지만.

그 애는 지금 어떻게 지내고 있을까, 를 하루 걸러 한 번씩 궁금해했다. 그러면서도 연락조차 하지 못한 아민에 비하면 참으로 행동력 있는 것도 분명했다.

그나저나, 확실히 남의 애는 빨리 크는 건가. 사 년이 지났으니 아이는 열여섯 살쯤 됐을 것이다. 그럼 고등학교 진학을 앞둔 중학교 3학년일 터인데, 사진으로만 봐도 골격이 어마어마했다. 키만 껑충하고 몸은 성냥개비 같은 아민과는 다른 인종 같았다. 그런 몸을 한 채 항복의 표시로 두 손을 올리고 있으니 좀 우습기도 했다.

그런데, 어떻게 찾았을까.

아민은 휴대폰을 만지작거리다가 통화 버튼을 눌렀다. 사고 이후 처음인가, 누군가에게 먼저 연락하는 것은.

"선생님."

분명 희준의 번호로 걸었는데 받은 목소리는 희준의 것이 아니었다. 처음 듣는 음성이었으나 아민은 왠지 알 수 있었다. 이건 성현이다. 사 년이 흐른 후의 성현. 변성기를 거쳐 낮아진 그 애의 목소리다.

"선생님, 제 말 들리세요?"

주변이 시끄러운 듯했다. 이런저런 사람들의 소리가 섞였다. 아민은 아무 말 않은 채 휴대폰을 볼에 꾹 대고만 있었다. 성현이 다시 물었다.

"제가 보고 싶다고 말하면 끊을 거예요, 아니면 대답할 거예요? 대답할 거면 한 번 더 말하고요, 보고 싶다고."

"너는 여전히 버릇이……."

아민이 말했다. 그러자 성현이 대답했다.

"보고 싶다는 말이군요. 사실 저도 그래요. 그리고 근황을 말씀드리자면, 저 오늘 가출했어요."

"이번엔 또 어떤 호구를 잡아 그 방에 신세를 지실까?"

"아니요, 반대예요."

성현의 목소리는 편안해 보였다.

"이번엔 제가 호구 잡힌 것입니다. 왜냐하면, 이 형이랑 같이 있을 거거든요."

"어?"

"저, 지방 예고에 가요. 만화를 배울 거예요. 완전 논밭 한가운데 있어서 기숙사에서 생활해야 돼요. 엄빠는 아직 모르지만 지금껏 친척들에게 받아 온 세뱃돈만 가지고도 일 년 정도는 기숙사비에 등록금까지 싹 낼 수 있더라고요. 부자 친척 좋다는 게 뭐예요. 그리고 방학 때마다 알바하면서 돈 모을 거예요. 쌤보다야 내가 더 잘하겠지. 확실합니다, 그건."

"축하해. 축하하는데, 오늘 가출은 그거랑 상관없는 거잖아."

"아아, 아무래도 만화를 좋아해서 합격이야 했지만, 면접 때 느꼈어요. 제가 정말 많이 모르더라고요. 그래서 입학 전에 특훈을 받을 필요가 있었죠, 합숙으로."

"어?"

"사공 형이요, 독립했어요. 절연하겠다고 가족들이 난리가 났는데, 그러라 그랬대요. 근데 버추얼 유튜버 해서 돈을 벌어요. 웃기죠? 자기 돈으로 무려 투룸에 산다고요. 그래서 한 명 정도는 더 잘 수 있겠더라고요."

"둘이 친척인 거 알고도 괜찮았어?"

"이런 거 물어보는 거 보면 참 쌤도 옛날 사람 같다는 생각이 들어요. 친척이 뭐 대수예요? 그냥 남이지. 맘 통하면 친구고, 아니면 그냥 지나가는 사람이고."

"그럼 너는 사공 형 방에서 내내 묵을 거라고 치자. 하지만 희준이는……."

"일종의 농성이죠. 성아민을 왜 자르냐! 내 거다! 절대 사수해!"

아민은 얼굴이 홧홧해져 얼른 뭐라고 핀잔하려 했으나 성현이 먼저 선수를 채 갔다.

"농담이고요. 머리끝까지 쭈뼛 서서 찾아왔더라고요. 이를 부득부득 갈며 네 아버지나 네 할아버지의 권력으로 성아민을 살리자, 옛 스승에 대한 애정이 있지 않느냐 운운하길래 제가 세 치 혀로 살살 녹였죠. 이제 완전 제 편이에요. 어떤 사람인지 빤히 알 수 있었어요."

"……난 모르겠는데. 어떤 사람인데?"

"쌤을 좋아하는 사람이요."

흡, 아민은 잠시 숨을 멈추었다. 역시나 수화기 너머의 성현은 태연했고 청산유수였다. '셰에라자드'.

"쌤은 좀 어이없다고 생각하실 수도 있을 것 같아요. 제가 워낙 오랫동안 연락을 안 했잖아요, '그 사건' 이후로 계속이요. 하지만 있죠, 삶이란 게 진짜 긴 거 같다는 생각을 요새 너무 많이 해요. 제 나이에 이런 생각 하면 우스운가요? 그니까, 쌤이 그 당시의 저를 영악하다고 생각해서 싫어했는데도 왜 고시원에서 먹여 키웠는지 그리고 어떤 노력을 하셨는지 제가 비로소 알게 되었다는 거예요. ……물론 쌤은 그저 제가 귀찮아서 거리를 두셨을 수도 있죠. 제가 서사 짜는 걸 너무 좋아하는 인간이라, 그저 기계적인 과외 교사일 뿐이었던 쌤에게 면죄부와 의미를 동시에 부여하고 있는 것일지도요……. 하지만요."

하지만.

"하지만 꼭 말하고 싶어요. 저처럼 속물적인 제자들은 귀찮고 무용한 짓을 하지 않는데, 그럼에도 연락을 했다고요. 어때 보여요, 당시의 쌤이 위화감을 느끼던 속물 주니어들의 발악이?"

나의 경멸을 그 나이에 느꼈단 말인가. 아민은 미안해졌다.

그러나 상대는 미안하단 말을 할 틈을 주지 않았고, 결국 얼렁뚱땅 만날 약속을 정하고 말았다. 그마저도 참으로 가당찮은 것이, 당장 한 시간 후였다. 역시 어린 것들은 예의를 말아먹었지. 아민은 자기도 모르게 혀를 끌끌 찼다. 본인도 어리면서.

약속 장소는 어느 고등학교 교문 앞에 있는 무인 아이스크림 가게였다. 약속 시간보다 일부러 조금 이르게 도착한 아민은 가게 안에서 우두커니 교문 쪽을 바라보았다. 학부모들이 가득한 걸 보니 수능 고사실로 배정된 학교인 모양이었다.

교문에 붙인 엿가락의 꼬랑지를 매만지며 기도하는 사람들, 교문 기둥 아래 버려진 수많은 커피 컵, 영문도 모른 채 덜덜 떨며 초코바를 까먹는, 아마도 수험생의 동생일 아이들. 그 광경을 바라보았다. 작금의 성아민에게는 하나도 중요하지 않게 된 장면들이었다.

한때는 수능과 대학 입시가 삶의 유일한 희망이라고 믿었던 적도 있었는데. 믿음은 자신을 배신했다.

사 년 전, 아버지에게 맞던 지원의 전화를 받아 대신 신고한 후 아민은 더 이상 과외생에게 마음을 주지 않으려고 애썼다. 대신 기계적으로 대했다. 자신이 100이란 지식을 입력하면 10이든 100이든 그대로 출력해 낼 뿐, 절대 다른 길로 빠지지 않는 학생들만 맡았다.

그러자 잘 가르친다는 소문이 나기 시작했다. 학부모들은 친한 사람에게 아민을 소개했고, 알음알음 일거리가 들어왔다. 더는 과방의 포스트잇을 살필 필요가 없었다. 2학년 때엔 학교 수업을 거의 뒷전으로 미뤄 둔 채 돈을 버는 것에 올인했다.

알고 보니 아민에게는 남을 가르치는 재능이 있었고, 그 재능이 발현되는 필요조건 중 하나는 가르치는 대상에게 지나친 감정을 주지 않는 것인 듯했다. 아민은 자신에게 상처만 줬던 경영학과를 벗어나 사범대로 전과했고, 과외 시장에서 이름을 날렸다.

졸업할 즈음이 되자 제일자유고에서 먼저 연락을 주었다. 지원이 이미 그곳에 진학해 공부하고 있단 것은 알고 있었다. 결국 엄마에게 졌구나, 라고 생각했었다. 그리고 자신 역시 그저 제일자유고의 이미지를 위한 불행 포르노의 주인공이 될 거란 사실을 알면서도 기꺼이 스카우트를 받아들였다. 자신이 익숙하게 다룰 수 있는 아이들이 가득할 테니까.

그래서 첫날 학부모들의 당황과 냉담을 아무렇지 않게 견딜 수 있었던 것이다. 어차피 감정은 배제된 채였다. 그들은 결국 자신을 인정하게 될 거였다.

그러나 함희준이라는 애가 변수였다.

물론 자신의 애정을 갈구하는 학생이야 숱하게 만나 보았기 때문에 해결책은 간단했다. 다른 제자의 이야기를 늘어놓으며 네가 내겐 하등 중요하거나 특별한 학생이 아니라는 사실을 깨닫게 해 주는 것.

그런 식으로 백이면 백, 아민은 제게 들러붙거나 자신이 특이하다고 생각하는 제자를 평범하고 납작하게 만들어 놓는 것에 성공하곤 했다. 그러면 그 애들은 그때부터 딴생각 없이 공부란 걸 하기 시작했다.

그런데 예상과 달리 희준은 집요했다. 보통 다른 아이들은 아무리 길어도 한 계절 정도면 나가떨어지곤 했는데 그러지 않았다. 계속해서 아민의 신경을 긁었고, 밥을 먹을 때도 이를 닦을 때도 옷을 입을 때도 잠을 청할 때도 자신을 떠올리게끔 했다.

처음엔 담임이 주는 교내 상을 노리는 건가, 싶었으나 그것도 아니었다. 급우들의 험담에도 희준은 막무가내였다. 다른 아이들에게는 모두 아민의 전략이 작용했는데 희준에 한해서만큼은 아니었다.

희준은 자꾸만 예전의 아민을, 과외생의 일거수일투족에 신경 쓰고, 상처 주고 또 상처받으며 끙끙 앓던 그 아민을 보고 싶은 것처럼 행동했다. 그리고 아민은 그 끈기에 속절없이 함락당하는 자신을 매번 자각했다. 염산 테러 사건이 없었다면 어떻게 결말이 났을까? 궁금했다. 영영 알 수 없게 되었지만.

그래, 이제는 인정할 수 있었다. 희준은 꽁꽁 숨겨 놓은 아민의 속을 파헤쳤고, 피하려고 애썼던 과거를 계속해서 되새기게 만들었다. 물론 과거는 상처투성이였다. 세상은 아민에게 이상하리만치 냉혹했기에 아민은 몹시 괴로웠다. 그래서 돌아보지도 않은 채 망각을 원하고 회피하기만 해 왔다.

그러나 희준에게 옛이야기를 털어놓으면서, 아민은 그 모든 일들을 다시금 하나하나 되새겨 보기 시작했다. 상처를 후벼파는 짓이라고 여겨 지금껏 시도할 엄두조차 내지 못했는데 생각보다

쉬이 말할 수 있어서 놀랐고, 자신보다 희준이 더 크게 반응해 더욱 놀랐다.

상처를 헤집느라 두근거리는 가슴을 감추려고 일부러 더 삭막하고 딱딱한 어투를 가장할 때마다 희준은 발끈했다. 마치 자신의 일처럼. 남들은 알아주지도 않았던 사건들을 희준은 아주 큰 것으로 생각해 주었다. 이상하게도 그 모습이 아민을 위로했다. 과거를 남에게 털어놓을 수 있다는 사실이 오히려 그때의 무게감을 줄였다.

과거에 대한 감상을 싸움처럼 나누던 희준과의 대화는, 돌이켜 보니 마치 마음속에 버려진 사원의 바닥을 빗자루로 쓰는 행위와 비슷한 것이었다. 켜켜이 쌓여 마치 원래 있던 무늬처럼 보이던 더러움이 만천하에 공개되지만, 먼지가 일고 기침이 나도 일단 다 치워 놓고 나면 말끔하고 개운한 것.

아민은 다시 목을 긁었다. 사 놓은 우유 바를 다 먹은 지 오래여서인지 허기가 졌다. 난방이 되지 않는 가게 안은 추웠다. 내부를 한 바퀴 돌았다. 다시 보니 온수가 나오는 정수기와 전자레인지 그리고 수많은 컵라면과 나무젓가락이 구비되어 있었다. 창가 쪽 길쭉한 테이블은 라면 국물이 말라붙은 것을 보니 자주 청소하지 않는 모양이었다.

유정에 대한 생각을 하지 않으려고 의식적으로 노력한 지 얼마나 오래되었더라. 그러나 어쩐지 지금은 용인하고 싶어졌다. 희준 때문일까.

아민은 컵라면 하나를 집어 키오스크에서 결제했다. 유정이 시켜 줬던 부르주아적 라면이 생각나서 홧김에 햄도 하나 집어 왔다. 뜨거운 물을 붓고 그 위에 햄을 토핑처럼 턱 얹은 후 전자레인지에 같이 돌렸다. 작동을 완료했다는 삑삑 소리가 난 후 호화로운 라면을 꺼내서는 지저분한 테이블에 앉았다. 햄은 아직 데워지지 않았으나, 크게 중요한 건 아니었다.

아민은 별안간 라면을 급히 욱여넣기 시작했다. 살면서 이렇게 음식을 빨리 먹은 적이 있었나 싶은 속도로. 고시원 부엌에서 남자들이 헛헛한 밥을 쑤셔넣던 바로 그 박자로.

작은 매장이 아민이 씹고 삼키는 소리로 가득 찼다. 수험생을 기다리던 이들이 이쪽을 쳐다보는 것도 같았다. 그러나 곧 고개를 돌렸다. 추위에 발을 동동 구르면서.

원래 다들 이렇게 버티며 사는 걸까.

번개같이 건더기를 다 씹어 삼킨 후 국물을 마시며 아민은 간만에 오랜 질문을 다시금 스스로에게 던져 보았다. 그 질문을 매일 아침 할 때가 있었다. 열일곱 살까지 그랬다. 열여덟 살이 되기 직전부터는 그러지 않았다. 질문하지 않는 것이, 또 질문을 던지지 않을 상대를 골라내는 것이 자신의 안위를 보장할 수 있는 길이라고 확신해 왔었다.

그러나 지금은 그렇게 생각하지 않는다.

밖에서 와아, 하는 소리가 들렸다. 수험생들이 마침내 시험을 마치고 나오고 있었다. 후련한 표정을 하는 이도 있었고, 서로를 밀치고 낄낄대며 욕설을 퍼붓는 아이들도, 나오자마자 기다리던 부모의 품에 안겨 엉엉 우는 아이도 있었다.

그런데 놀랍게도 대부분의 얼굴에는 그 어떤 빛도 없었다. 그저 허탈해 보였다. 나도 저 때 그랬던가? 아민은 기억을 돌이켜 보았다. 아니, 그땐 기뻐했었던 것도 같다. 자신이 시험을 잘 봤다는 사실을 얼추 직감했으니까.

자신보다 몇 년 더 산 듯한 사람들의 물결에 휩쓸려, 발을 들여본 적 없으며 평생 그럴 줄로만 알았던 고등학교 교정을 나오면서 약간의 우월감을 느꼈던 것도 사실이었다. 그 앞에 기다리고 있을 시험들을 헤아리지도 못하고.

그러니 쓴웃음을 지으며 이런 시험 따위 뭐가 중요해, 라고 초연함을 보이는 사람들이 진짜 세상을 아는 현인들일지도 몰랐다.

유리문 뒤로 익숙한 얼굴들이 보였다. 이어 짤랑, 하고 출입문 종이 울렸다. 희준과 성현이 함께 들어섰다. 후드티를 뒤집어쓰고, 두툼한 패딩 점퍼에 손을 찔러 넣고, 춥지도 않은지 맨발에 슬리퍼 차림. 누가 봐도 동네 마실을 나온 것 같아 보였으나 아민이 아는 대로라면 그 둘이 머물고 있는 사공의 방은 여기서 대중교통으로 딱 한 시간이 걸린다.

그렇게 하고 온 거야? 아민이 묻자 둘은 고개를 끄덕였다.

"안 추워?"

"알바하고 와서 더워요."

"알바?"

"집주인이신 사공 님께서 책을 좀 옮겨 달라고 해서요. 분부하시면 따라야죠. 오늘만 몇 박스를 날랐는지 몰라요."

"허리 아프겠네."

"우리가 쌤인 줄 알아요? 지금 와서 하는 말인데, 쌤은 남자도 아니야."

성현의 말에 아민은 그만 헛웃음을 짓고 말았다. 그러느라 유리문 쪽을 보지 못했다. 종소리에 뒤늦게 고개를 돌려 보니 그곳엔 지원이 책가방을 멘 채 서 있었다. 입을 헤벌리고서는.

"진짜로 왔네요. 수능 끝나고 나오면 쌤이 여기 있을 거라기에 나는 이 새끼들이 사기를 치는 줄 알고…… 그래도 형이 된 입장에서 속아 줘야지, 했는데. 근데 쌤이 보낸 문자……."

그 얘길 지금 애들 앞에서 하기엔 부끄러웠다. 아민은 얼른 지원의 말을 잘랐다.

"시험 치느라 수고했어. 잘 봤어?"

그러나 지원은 막무가내였다.

"아니, 생각해 보니까 빡치네. 내 연락은 그렇게 씹었으면서 애들이 시키는 대로 여기까지 와요? 이거 편애예요."

지원도 아민이 왜 제 연락을 받지 않았는지 잘 알 터였다. 아이의 타박은 죄책감, 사실 자신의 잘못이 전혀 아닌데도 성정이 너무 착해서 생겨나는 죄책감에서 나온 투정이었다. 그리고 이런 투정을 받아 주는 방법을 아민은 잘 알았다. 백 명을 가르쳐 봤기에 어쩔 수 없이 갖추게 된 비결일까.

"한참 씹다가 너한테 갑자기 만나겠다고 태세 전환하면 너무 웃기니까…… 그러니까 좀 버틴 거지. 야, 나도 자존심이 있는 사람이야."

*

우왕좌왕 가채점을 해 보니, 지원은 얼추 자기 실력대로 시험을 본 모양이었다. 서울 시내 중상위권 대학에는 갈 수 있을 성적이었으나 지원의 생각은 확고했다. 대한민국에서 가장 남쪽에 위치한 항구 도시의 국립대에 진학하겠다나.

"민종찬이 거기까진 못 올 거예요. 그 사람, 서울 벗어나면 죽는 줄 아는 서울 촌놈이거든요. 그리고 엄마가 저랑 같이 그 동네로 갈 거예요. 우리 엄마가 해산물을 진짜 좋아해요. 거기서 살기만 해도 식비가 엄청 절약될걸요? 정혁 아저씨도 같이 가요. 엄마를 위해서는 원양 어선이라도 타겠대요. 다행히 허리든 어디든 몸은 다 펄펄하게 좋다나. 누구랑은 다르게."

아민으로서는 반박할 수 없는 말이었다.

희준, 성현, 지원과 아민. 넷은 별안간 몰려든 허기에 작고 허름한 무인점포를 거덜 낼 것처럼 씹고 삼켰다. 가게의 주인은 아마 이날을 대목이라 여길지도 몰랐다. 간혹 들어오는 손님들이 아민 무리를 보고서는 얼른 살 것을 챙긴 후 서둘러 빠져나갔다. 조금 미안했지만, 아민은 오늘만은 맘대로 하고 싶었다.

오후 여덟 시 즈음에는 초등학생 몇몇이 들어오기도 했다. 무고한 그 애들을 붙잡아 삶에 대한 훈계를 늘어놓는 세 제자의 모습에 아민은 좋으면서도 이마를 짚었다. 그렇게 계속 놀았다. '놀이'였다. '놀이'를 했다.

분명 이 가게로 소환되기 직전까지 아민은 무기력했고, 스스로를 우스워했으며, 그다지 삶을 살고 싶지 않았다. 그러나 사람의 마음은 참으로 종잇장 같아서, 지금은 그렇지 않았다. 한참을 깔깔 웃다 보니 겨드랑이에 땀이 찼고, 아무리 먹어도 뱃속에서 연신 천둥 같은 소리가 났다.

이 가게 안의 모든 과자를 다 먹어 봐야 성이 찰까? 아민은 부풀어 오르기 시작한 배를 손바닥으로 누르며 속으로 물었다. 먹는 행위를 생존과 결부하지 않은 게 언제였더라. 생각해 보니 한참 예전이었다.

아이들은 여전히 게걸스러웠다. 아민은 그 애들을 바라보다가 아주 작은 목소리로 뱉었다. 파티다, 파티.

그러자 희준이 고개를 번쩍 들더니 눈을 번득이며 되받아쳤다.

"맞아요, 파티죠! 쌓인 거 다 푸는 파티! 근데도 거기서 방청객처럼 있을 거예요?"

즐겁지만, 한 명이 없어. 아민은 생각했다. 주머니에 무심코 손을 집어넣었다가, 메모리 카드가 당연히 그곳에 없다는 사실을 아프게 깨달았다.

그 작은 카드를 항상 소지했던 때가 있었다. 죄책감과 회한에 사로잡혀서, 그리움이란 고름이 가득 찬 상처를 계속 후벼파는 짓을 했다.

그러나 어느 순간 서서히 메모리 카드를 챙기는 것을 잊는 날들이 많아졌다. 아마도 열여덟 살 때부터. 모든 감정을 배제하고 사람을 가르치게 되었던 때부터.

하지만 지금은 그 카드가 반드시 있어야만 할 것 같았고, 만지고 싶었고, 없는 게 눈물 나게 아쉬웠다. 그래서 제자들 앞에서 울지 않으려고 일부러 천장에 달린 CCTV의 위치를 확인하는 척 고개를 쳐들고 있었다.

그 어떤 슬롯에도 맞지 않던 카드. 그 카드의 정체를 알아내려고 온갖 전자 상가를 배회했던 날들. 결론 없던 문제, 통과 여부를 알 수 없는 시험. 아민은 유정을 생각했다. 출제자가 의도도 말해주지 않고 떠나 버리면 어떻게 해. 투정을 부리고 싶었다. 말을 하지 않아도 유정이라면 아민의 마음을 다 읽을 터인데.

메모리 카드의 존재를 잊은 자신에게 화가 나려고 했다. 그걸 어떻게 잊을 수 있어? 어떻게 내 죄를 스스로 모른 척할 수 있어? 그러나 지원의 물음이 아민의 생각을 중단시켰다.

"근데 쌤, 제가 무슨 과 지원하려고 하는지는 아예 물어보지도 않는 거예요? 섭섭하게."

아민은 아차 싶어서 급히 지원이 시키는 대로 했다. 그러자 지원이 대답했다.

"공대인데요, 붙는다면 일단 광역 전공으로 입학해요. 열심히 해서 원하는 지도 교수 밑으로 갈 거예요. 사실 그 교수 보고 가는 거거든요."

"대단한 교수인가 보지?"

"그럼요. 그 사람, 뇌 과학과 인공 신체에 미쳐 있다고 소문이 자자해요. 신명규 교수라고 한때 TV에도 많이 나왔는데. 쌤이야 TV를 안 보시긴 하지만."

아민은 지원의 얼굴을 바라보았다. 신명규. 아는 이름이었다. 신유정의 아버지.

안 돼, 가지 마. 그렇게 말하려 했는데 지원이 선수를 쳤다.

"어차피 공대 가고 싶었고 서울도 뜨고 싶었는데 잘됐죠, 뭐. 더군다나 제가 또 빚지고는 못 사는 성격이잖아요."

"빚?"

"쌤이 제 인생의 가장 큰 걸림돌에 대신 걸려 넘어져 주셨기 때문에, 저는 쌤 인생에서 가장 어려웠던 숙제를 해결해 드리려는 것이죠. 아시잖아요, 제가 미친 아버지 전문인 거.”

희준이 지원에게 유정 이야기를 했구나. 아민은 짐작했다. 그리고 자신이 지금껏 누구에게도 이야기하지 않았던 그 내막을 희준에게 털어놓은 것이, 어쩌면 그 애를 쫓기 위한 방편이 아니라 깊은 속에 감춰 둔 상처에 눈이 멀어 저지른 일이었을지도, 혹은 제발 알아 달라는 SOS였을지도 모른다는 생각이 들었다. 어쩌면 말이다…….

“……왜 네가 거길 가.”

아민이 다시 반대했으나 지원은 어깨를 으쓱하곤 덧붙였다.

“제 맘이죠. 그 교수가 제일 권위자라니까요, 우리나라에서? 인 서울 대학교 교수직에서 잘렸을 때 그 분야 사람들 다 난리 났을 정도예요. 그리고 착각하시면 안 되는 게, 제가 붙을지 떨어질지 알 수 없어요.”

떨어질걸? 성현이 끼어들어 망언을 뱉자 지원이 가벼운 욕설을 던졌다. 둘이 투닥거리는 동안 아민은 또 천장을 쳐다보았다. 희준이 자신을 빤히 응시하는 게 느껴졌지만 모르는 척했다.

천장 무늬가 어룽거리다가 천천히 익숙한 패턴으로 변했다. 그 호텔방의 천장 무늬일까? 그럴지도 몰랐다. 무거운 이불 아래서 숨소리마저 제대로 내지 못하며 그 애를 의식했던 순간이 해일처럼 몰아닥쳤다.

생각마저도 골라 해야만 했던 날들. 하루는 그 애를 위해 예쁘고 따뜻한 생각만 하려다가도, 다른 날에는 이상하게도 화가 나서 아무렇게나 묵언의 진심을 토로해 버리고 말던 그런 날들.

지금 그 애를 맡게 된다면 더 잘할 수 있을 것 같은데. 죽지 않게 할 수 있을 것 같은데.

아민은 어느새 자신이 그 애보다 형이 되었다는 당연한 사실을 되새기며 다시금 주머니에 손을 넣었다. 무언가 작고 딱딱한 것이 만져졌다. 아민은 깜짝 놀라 그것을 꺼냈다.

카드였다. 딱 그 사이즈의, 그 모양의. 그런데 자신의 손때가 묻지 않은 새것이었다.

희준이 옅은 웃음을 띠고 자신을 쳐다보고 있었다.

"이제 남의 서랍을 열어 도둑질하는 법도, 주머니에 몰래 손 집어넣는 법도 알게 되었으니 아무래도 선행상 받을 인간은 못 되는 것 같죠?"

그러고는 말을 이었다.

"나보다 특별 취급 받아서 짜증 났던 인물들을 다 만나 봤는데, 신유정만 못 만났으니 궁금해져서 여기저기 좀 알아봤죠. 덕분에 기말고사는 망할 테지만, 어쨌든 이제 걔 생각은 저한테 넘기라고요."

이 새 카드는, 어디서 난 거니?

아민은 물으려 했다. 그러나 입을 열기 위해서는 아주 많은 시간이 필요할 것 같았다. 물론 이 가게는 24시간 영업장이고, 모두에게는 시간이 넘쳐흘렀다. 적어도 지금만큼은.

가게의 쨍한 형광등이 모두의 얼굴을 낱낱이 비추었다. 희준이 마침내 입을 열었을 때는 라면 용기와 아이스크림 봉지의 물기가 말라붙은 후였으며, 희준은 딱 그만큼의 눈물 몇 방울을 마침내 아민이 쏟게끔 했다.

모두가 아민을 놀리던 중 누군가가 말했다. 깜짝 파티의 결말은 감동의 눈물이죠, 라고. 멋진 대답을 해야 할 것 같은데 도저히 떠오르는 게 없어서 아민은 그만 아무 말이나 뱉고 말았다.

약속해.

놀라운 사실은, 그 말을 들은 누구도 무얼 약속해야 하는지 되묻지 않았다는 것이었다.

작가의 말

저는 성인이 독자층인 소설을 주로 쓰지만, 가끔 청소년 소설을 집필하기도 합니다. 그런데 초고를 보내면 언제나 "청소년 소설로는 너무 어두워요"라는 피드백을 듣고는 하지요. 아무래도 청소년 소설은 아이들에게 조금 더 희망을 줘야 한다고요.

저는 그 말에 수긍하면서도 속으로는 이렇게 생각했습니다. 옛날의 나와 같은 청소년 독자들도 분명히 있지 않을까? 너무나 우울했던, 그러나 밝거나 희망찬 소설에서는 위안을 얻지 못해 어두운 서사만을 찾아 탐닉하던…….

이상하게도 어린 시절부터, 설재인이라는 독자를 위로하고 또 하루 더 버텨 보겠다고 결심할 힘을 준 것은 처절하고 사나운 이야기들이었거든요. 저는 어린 저를 닮은 청소년들을 위한 소설을 쓰고 싶었습니다.

『열일곱의 사계』에는 슬픔과 분노가 안개처럼 드리워 있습니다. 문제는 해결되지 않았고, 아민을 비롯한 등장인물들이 행복해질지도 알 수 없습니다.

하지만 저는 이 인물들이, 책을 읽는 여러분의 속내에 웅크리고 있는 우울이란 놈에게 다가가 주었으면 좋겠습니다. 여러분에게 함부로 손을 내밀지는 않고, 옆에서 소심하게 서성거리며 같이 추운 밤을 보냈으면 좋겠습니다. 그래서 나중에 언젠가 여러분이 지금을 돌이켜 볼 때, 그때 내 옆에 아민이 있었어, 라고 기억했으면 좋겠습니다.

그게 제가 칙칙한 소설을 쓰는 이유일 거예요.

설재인

열일곱의 사계

ⓒ 설재인, 2025

초판 1쇄 인쇄일 | 2025년 6월 10일
초판 1쇄 발행일 | 2025년 6월 24일

지은이 | 설재인
펴낸이 | 정은영
편   집 | 전유진 임종현 박진혜
디자인 | 강우정
마케팅 | 최금순 이언영 연병선 송의정 김정윤
저작권 | 신은혜
제   작 | 홍동근

펴낸곳 | (주)자음과모음
출판등록 | 2001년 11월 28일 제2001-000259호
주   소 | 10881 경기도 파주시 회동길 325-20
전   화 | 편집부 (02)324-2347, 경영지원부 (02)325-6047
팩   스 | 편집부 (02)324-2348, 경영지원부 (02)2648-1311
이메일 | jamoteen@jamobook.com

ISBN 978-89-544-5271-7 (43810)

잘못된 책은 구입한 곳에서 교환해 드립니다.
이 책의 판권은 지은이와 (주)자음과모음에 있습니다.
책 내용의 전부 또는 일부를 사용하려면 반드시 양측의 동의를 받아야 합니다.